Con MUCHO cariño para [illegible] de Bat[illegible] Spanish. 2019

ANDAMIOS

UNA ANTOLOGÍA

ANDAMIOS

UNA ANTOLOGÍA

BATTERSEA SPANISH PRESS

Editado por

SARA CABA

LUIS EDOARDO TORRES

Corrección de estilo por

LAURA CASASA NÚÑEZ

Imagen de cubierta

© *ARCHITECTURAL SCAFFOLDING, NOREENE JANUS*

ANDAMIOS

ISBN-13: 978-1-9161851-0-4

Índice

PARTE I

Índice

PARTE II

PARTE I

LUIS EDOARDO TORRES

Introducción

Siempre que abandonamos un lugar al que hemos pertenecido, la suma de emociones que se desata en nuestro interior provoca un terremoto. En esa sacudida, todo es más frágil de lo que parece y, por lo tanto, más preciado. Por eso, nos paraliza la idea de que nuestro mundo y, sobretodo, la memoria de ese mundo, se derrumbe y no nos quede nada más que polvo.

Hay quienes llaman a esa fuerza duelo. Y hay quienes preferimos llamarla nostalgia. La diferencia es que el duelo es un ciclo, una rueda que gira y en el trayecto te lleva hacia otra parte. La nostalgia, en cambio, es permanencia: una herida abierta (que nos muestra de qué estamos hechos).

El poeta Yorgos Seferis nos advierte que la gran tragedia del que se marcha es la imposibilidad de regresar al sitio del que parte. Podremos regresar al mismo pedazo de tierra una y otra vez, pero jamás podremos regresar al mismo instante. Quizá por eso necesitamos la literatura:

para intentar atrapar la memoria de los lugares que abandonamos y que ya nunca existirán como quisiéramos.

Londres es una ciudad llena de andamios. Es un sitio en el que no sabes si está en reconstrucción constante o se está derrumbando. Todo está cambiando. En los días futuros habrá duelo por las cosas que hemos perdido y las que perderemos, pero nosotros (inevitablemente) seguiremos sintiendo nostalgia. Ese es nuestro destino: escribir y ser arrastrados eternamente hacia la misma orilla.

Entre estos andamiajes que habitan la ciudad, se levantan también historias. En medio de estos días, en que incluso los viejos mecanismos del tiempo requieren reparaciones, hay un grupo de escritoras que intentan darle forma al polvo: esa tarea infinita e imposible de conservar intacta la memoria. La memoria individual y colectiva; la memoria de una época y un país; la memoria de una familia y un hogar: la memoria de lo queremos y necesitamos recordar.

En esta antología, las marejadas del recuerdo y la ficción pueden llevarnos a diferentes épocas y continentes; a tomar diferentes bandos y contemplar las historias desde diferentes puntos de vista. Las historias narradas por estas seis escritoras nos hacen constatar que la escritura es un andamiaje que nos permite resguardar el pasado, contener la realidad y la ficción en un mismo espacio, y recorrer resguardados las alturas y abismos de la memoria.

Los relatos aquí reunidos, gestados a lo largo de una decena de sesiones en nuestro Taller de Escritura Creativa, son parte de esta sólida estructura que nos permite alcanzar las cornisas de la memoria y asomarnos por las ventanas del recuerdo.

En *La Isla de San Simón*, Lucía Pereira Pardo sacude las aguas del pasado para contarnos la historia de un país, una familia y tres generaciones. Igual que fotografías instantáneas, los tres momentos que componen esta historia van revelando poco a poco sus matices y nos muestran, al final, una imagen panorámica de su identidad. En *La fiesta*, Yohena Zalmay nos arrastra a la crisis del 2001 en Argentina. En un texto vertiginoso y cargado de humor, Yohena nos abre las páginas de un diario en el que se registran los acontecimientos, a veces surreales, de esta Argentina que, según la tía Cecilia, "sufre el mal del olvido". En *Sheperd's Bush*, Alba Vidal explora las posibilidades del ensayo personal y nos narra, con una voz que bien podría ser sacada del poema *Tres mujeres* de Sylvia Plath, un recorrido a través de Londres. El Londres de Grenfell Tower, donde los sintecho venden revistas y los inmigrantes se preguntan si es momento de volver a casa. En *Legado*, Julia Horcajo Hernández nos cuenta una historia de familia que, por la frescura del estilo y su habilidad narrativa, bien podría ser una historia de Instagram que inicia de un modo entrañable y lleno de nostalgia en Segovia y termina de forma vertiginosa y frenética en Berlín. En *La fiesta del sacrificio*, Nuria González Rábade sacude las páginas de esta antología con el estruendo de una explosión. Haciendo uso de la escritura documental y un estilo preciso y elegante, le da voz a un grupo de personajes víctimas del terrorismo y la guerra. Y, por último, en *La sal que somos*, Nataly Ríos Goicoechea nos cuenta en un texto íntimo, pero de proporciones épicas, la historia de una familia a través de sus batallas y travesías. En este texto poético y sensorial donde todo se puede oler, ver y tocar, se hace presente la voz de una escritora que ha madurado a través del ejercicio constante de la lectura y la escritura.

Los cuentos en esta antología exploran, cada uno a su manera, las posibilidades de abrir las páginas del pasado para rescatar recuerdos personales o salir al mundo para encontrar relatos verídicos y contarlos de una forma que los transforme en literatura: historias relevantes, vigentes y universales.

Edoardo Torres

Director del Taller de Escritura Creativa de Battersea Spanish

y editor de esta edición

SARA CABA

El taller y esta edición

Hace diez años llegué a Londres buscando un espacio de escritura en mi lengua y no lo encontré. Decidí, entonces, aventurarme con grupos de escritura en inglés y superar el síndrome "bicho raro", movida por la profunda necesidad de traer a un colectivo la solitaria labor de escribir. De esos años de escritura en una lengua que no es la mía aprendí un sinfín de lecciones, pero, después de un tiempo y como era de esperar, extrañé mi voz, esa que seguía hablándome en mi lengua natal.

Volví a buscar opciones de talleres de escritura en español en Londres y, ante su absoluta inexistencia, me dije: "¿Y por qué no crearlo?". Battersea Spanish estaba en sus comienzos y fue una verdadera sorpresa el poder reunir a un pequeño grupo de hispanos residentes en esta ciudad que buscaban lo mismo.

El taller, en sus ya cuatro años de gestión, ha vivido varias etapas, a lo largo de las cuales se ha fortalecido, crecido y, para nuestro orgullo, ha atraído a escritores cada vez más talentosos y comprometidos con su labor.

Esta antología surge no como un destino final del trabajo realizado en el taller, sino como una oportunidad para los talleristas, que han trabajado con compromiso y rigurosidad, de compartir historias para ellos imprescindibles de contar. Esperamos, queridos lectores, que sean para ustedes igualmente imprescindibles de leer.

El trabajo de los editores involucrados en esta edición ha sido el de ayudar y acompañar a los talleristas para que sean sus textos, y nada más que sus textos, los que brillen por su propio mérito.

Agradecemos el tiempo dedicado por ustedes a la lectura de esta antología del Taller de Escritura de Battersea Spanish. Siendo producto de esta ciudad, no sobra decir que hay en ella "sangre, esfuerzo, lágrimas y sudor", pero también mucho talento y mucha honestidad.

Sara Caba
Directora y Fundadora de Battersea Spanish
y editora de esta edición

LUCÍA PEREIRA PARDO

La Isla de San Simón

Sedia-m'eu na ermida de San Simon
e cercaron-mi as ondas, que grandes son:
eu atendend'o meu amigo,
eu atendend'o meu amigo!
Estando na ermida ant'o altar,
cercaron-mi as ondas grandes do mar:
eu atendend'o meu amigo,
eu atendend'o meu amigo!
E cercaron-mi as ondas, que grandes son,
non ei barqueiro, nen remador:
eu atendend'o meu amigo,
eu atendend'o meu amigo!
E cercaron-mi as ondas do alto mar,
non ei barqueiro, nen sei remar:
eu atendend'o meu amigo,
eu atendend'o meu amigo!
Non ei barqueiro, nen remador,
morrerei fremosa no mar maior:
eu atendend'o meu amigo,
eu atendend'o meu amigo!
Non ei barqueiro, nen sei remar,
morrerei fremosa no alto mar:
eu atendend'o meu amigo,
eu atendend'o meu amigo!

Cantiga de Mendinho, Siglo XIII

O baleiro avanza, e pola súa natureza, ninguén se decata dese imperio até verse no baleiro. O desaloxo das almas, o abaratamento do maxín, a perda de osíxeno.

Manuel Rivas, O último día de Terranova, 2015

1977

Veo a Manuel, mi padre, en la orilla de la playa de Cesantes, de pie, mirando la ensenada. Veo a sus amigos, a sus hermanos y a Carmen, la que un día será mi madre, sentados en la arena detrás de él, riendo, fumando y tratando de imitar a Bob Dylan con una guitarra destartalada. The Times They Are A-Changin'. Manuel tiene veinte años, estudia química en Santiago y acaba de quedarse huérfano de padre. Vuelve a casa los fines de semana para acompañar a su madre, Rita, en su tristeza. El viento atlántico le revuelve los rizos negros y los pensamientos, también oscurecidos. Observa la marea baja, las estrías en la arena mojada ahora al descubierto y, en la boca de la ría, la pequeña isla de San Simón, que parece tan cercana. En realidad, son dos islas unidas por un puente de tres arcos: la de San Simón, más boscosa, donde destaca un edificio blanco, y el pequeño islote de Santo Antón. Mi padre echa a andar por el borde de la lengua de arena, hasta alcanzar el punto de la playa más cercano a la isla. Entonces mete los pies en el agua fría y se dirige hacia la rompiente, pero aún tiene que caminar varios metros para que el mar le cubra las rodillas. Él avanza decidido, con la mirada fija en la isla. Cuando al fin tiene el agua por la cintura, se zambulle y comienza a dar brazadas seguras, a ritmo constante. Una, dos, tres, respirar, cuatro, cinco, seis, respirar. Mi padre se va haciendo más y más pequeño para el grupo de amigos en la playa. La conversación se apaga un momento, mientras observan la estela blanca que va dejando detrás.

—¿Qué hace Manolo? No querrá llegar a San Simón a nado…

—A ver, tampoco está tan lejos y él es buen nadador.

—Ya, pero luego tiene que volver.

—O no. ¡Igual quiere meterse a ermitaño!

Responden unas risas leves, algo preocupadas.

Mi padre está llegando a San Simón; ya consigue distinguir las rocas cubiertas de salitre y las algas resecas. Rodea parte de la isla, pero no logra encontrar una vía de acceso; es demasiado escarpado. No está excesivamente cansado, pero es asmático, como yo. Se deja flotar boca arriba un rato, mientras recupera aliento para volver.

Ya en la playa, Manuel regresa al grupo y se arroja a la toalla tibia, salpicando a sus amigos con el agua helada que chorrea de su pelo y su bañador.

—¿Qué? ¿*Que che deu*? ¿Pescaste cangrejos? ¿O tabaco de batea?

Todos ríen.

—Parece mentira que San Simón fuera una cárcel…

—A ver… ¡Ho! ¡Llama a las cosas por su nombre! Era un campo de exterminio de republicanos.

—¡No penséis en eso ahora, que estamos de *carallada*! Pásame un pitillo, anda.

—Bueno, San Simón fue muchas cosas.

—Un hospital de leprosos.

—Y donde los barcos que iban a Vigo hacían cuarentena.

—Y donde se hundieron los galeones de la batalla de Rande.

—¡Igual el oro de América es lo que fue a buscar Manoliño, eh!

Más risas.

—O se *cadra* fue a buscar al capitán Nemo, que anda ahora leyendo "20.000 leguas de viaje submarino".

—Yo de lo que me acuerdo es de la historia que contaba *meu pai* del partido de fútbol de los presos republicanos contra los guardias franquistas y de la tunda que les metieron. ¡*Arre demo*, por una vez ganaron los buenos! Y mira que debían de pasar *fame* los coitados.

—Ojo con lo que dices, que aquí el vello de Joaquín era picoleto de aquella. ¿No estuvo en la isla, *teu pai*?

—¡Yo qué sé! No nos hablaba de esas cosas.

Silencio.

—Nunca lo *pensara*…

—¿O qué?

Los dos amigos se miran un segundo. Se oye el batir de las olas y el rumor de los pinos.

—Pues que quizás tu padre torturó al mío.

Silencio.

1937

Veo a Ernestina, mi bisabuela, escondida en la terraza de la casa familiar de Redondela en mitad de la noche. Está a la espera, en tensión, tumbada boca abajo sobre las baldosas frías. Lleva más de dos horas inmóvil en su escondite y empieza a sentir calambres en las piernas. Permanece alerta a cualquier movimiento abajo, en la calle. Escucha con atención, pero por ahora tan solo se oye el viento marino que barre la calle desierta. Por momentos la sobresalta el súbito ulular de las rulas que tienen sus nidos bajo el tejado. El piso está justo encima del cuartel del pueblo y sabe que los jueves, de madrugada, traen a los presos que mandarán al día siguiente a la prisión de San Simón. Al fin ve aparecer las luces de un coche al fondo de la calle, que se acerca lentamente y se detiene a la puerta del cuartel. Ernestina aguanta la respiración. Bajan dos guardias y abren las puertas traseras del furgón. Van haciendo bajar a los detenidos, agarrándolos bruscamente del brazo y empujándolos dentro del cuartel. Son muchos hombres y algunas mujeres también. Hay luna menguante; tan solo una fina rodaja de luz en el cielo. Ernestina abre los ojos todo lo que puede, tratando de distinguir las caras de los presos en la oscuridad casi total. Murmura algunos nombres, bajito, con desolación, al reconocer a vecinos y amigos. Rosa, Miguel, Fuco, Amaro. Al día siguiente avisará a las familias. Por ahora hay que esperar a que la calle quede tranquila, para que no la descubran al levantarse.

Unos días después, en la rebotica de su marido Luis, Ernestina se apresura a guardar mantas y ropa de lana en grandes maletas. Luis, el boticario, trae frascos y cajas de medicinas y las echa también en bolsas. Las vecinas llaman a la puerta y traen latas de conserva, pan, manzanas… La farmacia se ha convertido en cuartel general, escondite clandestino, almacén de provisiones, rincón de resistencia. Esa noche llevan las maletas a la playa de Cesantes, donde Eusebio, el pescador, los espera con su barca. Mi bisabuelo y otros hombres del pueblo reman en la oscuridad a través de la ensenada hasta la isla. Dejan las bolsas para los familiares y compañeros presos en el escondite pactado, entre los peñascos y los nidos de gaviotas. En el último momento, antes de que la barca vire para emprender la vuelta hacia la playa, mi bisabuelo se desabotona el abrigo y de su bolsillo interior saca un bulto envuelto en papel de periódico y lo sopesa en sus manos, un momento antes de dejarlo en una de las bolsas. Es un libro: un ejemplar del álbum de *Galicia Mártir* que acaba de publicar Castelao en Valencia, donde aún resiste la República. Los ojos de Luis refulgen mientras rema enérgicamente de vuelta hacia tierra firme.

Ernestina da clase en la Escuela Normal de Maestros de Pontevedra. Por las tardes, recorre las aldeas de Pontevedra con el corazón rebosando de fuerza y los botines llenos de barro. Entra en las casas, en las *choupanas* de piso de tierra, en las chozas de pescadores. Habla con padres de rostros flacos y curtidos, para convencerlos de que lleven a sus hijos y, sobre todo, a sus hijas, a la escuela.

—Pero a miña filla ten que traballar a terra, non ve que non temos pan?

—Non só se more de fame, don Braulio, de burramia tamén!

Los ojos de Braulio sonríen y dibujan una red de profundas arrugas. Ella los hacía reír y la risa siempre los convencía. Al día siguiente, los niños van a la escuela desdentados, sucios y harapientos, pero van. Allí, además de aprender, también les dan ropa, calzado y comida. Cientos de niños pasan por el Ropero Escolar.

Mi bisabuela sube y baja de la tarima, camina entre las mesas, gesticula llena de entusiasmo, mientras enseña a las futuras maestras. Es espontánea, carismática; hace reír a sus jóvenes alumnas. Las chicas que no pueden pagar una pensión, son acogidas en casa de la profesora. Poco a poco, lo que aprendió en la Institución Libre de Enseñanza de la República se expande como un gas invisible y, a través de sus estudiantes, acaba llegando a las aldeas míseras, a las casuchas con redes tendidas al sol.

De vuelta en casa, Ernestina abre el fatídico sobre con el sello del águila del régimen. "Suspensión de empleo y sueldo". Arruga la carta y la arroja con rabia a la estufa prendida. Permanece sentada durante horas en la mesa del comedor, bajo el péndulo del reloj de pared, con los ojos huecos y la cabeza entre las manos. Represaliada. Las acusaciones son variopintas y venenosas: negar en clase la existencia de Dios, leer "El Liberal" por la calle, ser una mala esposa, una mala madre y una mala cristiana. La veo dar vueltas por la casa, como un animal enjaulado, sin saber qué hacer ahora que le han quitado su razón de ser. La Guardia Civil irrumpe un día en casa para confiscarles la radio. Comienzan las detenciones e interrogatorios de familiares, amigos y alumnos, en constante trasiego hacia la sede de la Falange. Los que no terminan en la cárcel vuelven magullados, con el pelo trasquilado para humillarlos públicamente.

Una noche, Luis llama débilmente a la puerta de su casa. Ernestina abre la puerta y su rostro se desencaja al ver la mano derecha de su marido envuelta en un pañuelo ensangrentado, que mantiene apretada contra su pecho.

—Pero, ¿qué te hicieron esta vez, mi vida? ¿Qué te hicieron esos desgraciados?

—No se lo quise dar.

—¿El qué?

Luis saca algo del bolsillo del abrigo y se lo muestra a su mujer. Es su alianza de oro, deformada y partida.

—La querían para financiar el partido, los malnacidos. Les fui dando todo los demás: el dinero, el reloj, pero eso no. No pude, no pude... Me negué y entonces sacaron un martillo del cajón...

Ernestina se derrumba con el llanto.

Los veo a los dos, abrazados, rotos, arrodillados en el suelo, en el umbral de su casa. Cada dedo, cada falange, destrozados minuciosamente con un martillo de acero. Por leer los libros equivocados. Por llevarle medicinas a los presos. Por agrarista y galeguista.

Tras ese día, una realidad cada vez más monstruosa e insoportable va erosionando a Luis. El peligro acecha; las denuncias falsas y las venganzas personales aumentan. Las manifestaciones "patrióticas" pasan por delante de la casa familiar a la que lanzan piedras al grito de "¡Rojos a la calle!". Luis y Ernestina ya prácticamente no pueden salir de casa. Un día, al amanecer, fusilan a varios de sus amigos en la capilla del pueblo. Al día siguiente, el párroco entrega, en casa de Ernestina y Luis, el sombrero y la gabardina de Telmo, uno de los fusilados, amigo de la familia. Cuando sus hijas adolescentes, mis tías abuelas, Gemma y Lucila, acuden a hacerse cargo del cuerpo, tienen que buscarlo en una pila de cadáveres arrojados sobre la tierra del cementerio. Nunca olvidarán esa imagen. Cada día, Luis se va hundiendo en su butaca un poco más, taciturno, con el corazón tan destrozado como los huesos de su mano. Hasta que, un día, muere de pena. Oigo las campanas de la iglesia, lentos golpes de plomo expandiéndose en el aire y las conversaciones de la gente en el mercado, en las calles, en las tabernas.

—Tocan a morto? E logo quen morreu?

—O boticario, Don Luis o dos pobres.

—Disque morreu da tristeza, que o corazón xa non lle aguantou máis.

—Non me estraña. Non me estraña.

Veo a los vecinos, a los amigos, a los conocidos, dejar lo que están haciendo y salir a la calle en silencio, a caminar detrás del ataúd de mi bisabuelo. Por gratitud, por decencia. Veo a Ernestina en el cortejo con los ojos hinchados y la cabeza alta, rodeada de gente, con sus tres hijos, Lucila, Gemma y Luisito a su lado, pensando: "Si pudieras ver esto, mi amor, si pudieras...". Dos guardias civiles, sombríos con sus capas y tricornios en la verja del cementerio, toman nota de quién va al entierro en un cuaderno. Están rabiosos, gastando los lápices, acabando las hojas del cuaderno, mientras más y más gente sigue entrando, cientos, todo el pueblo, desbordando el cementerio. Desbordando el miedo.

2017

Me veo a mí misma, un día de julio, en la cubierta del catamarán que va del puerto de Rande a la isla de San Simón. Pasamos bajo la sombra del altísimo puente y sorteamos las bateas. A mi alrededor, la gente va preparada para el festival de música: sombreros de paja, camisas floreadas, gafas de sol. Todo el mundo está alegre: hay grupos de amigos, parejas, algunos niños. El mar está un poco picado y el catamarán por momentos rebota sobre las olas. Los niños ríen y chillan al sentir las salpicaduras frescas en la cara. La excitación crece al avistar la isla, con las carpas blancas relucientes bajo el sol y banderolas de colores. Atracamos en el pequeño muelle y nos apresuramos a desembarcar. El programa del festival es secreto: nadie sabe a quién vamos a ver actuar hasta que llegamos a la isla. Nos agolpamos alrededor del panel y se oyen múltiples exclamaciones de júbilo, algún "¡lo sabía!" y uno o dos bufidos de decepción. La gente se va dispersando por la isla siguiendo el olor que llega de los puestos de comida y bebida y van cogiendo buen sitio delante del escenario.

Me alejo del grupo y desaparezco. Doy una vuelta por las zonas más tranquilas de la isla. Busco con la mirada la escultura de bronce del capitán Nemo y la encuentro aflorando sobre una roca en medio del mar. Intento recordar si también había una estatua de una sirena o si lo habré imaginado. No encuentro a la sirena, pero me tropiezo con la escultura de los trovadores. Pienso en la versión surrealista-feminista de la famosa cantiga de amigo medieval: "*Ondas do mar de Vigo, se vistes ao meu amigo… que marchei*". Me hace sonreír. Las mujeres ya nos hartamos de esperar. Que esperen ellos ahora, mientras nosotras nos vamos de expedición. Entro en la sombra fresca de un túnel de árboles y llego al laberíntico jardín de boj. Continúo caminando hasta la ermita, ahora vacía, y veo que un artista proyecta imágenes de naufragios en las paredes. Tengo un sentimiento terrible atascado en la garganta, que aún no consigo identificar con claridad. Me encuentra mi amigo Manu que viene cargado con botellines helados de Estrella Galicia: "Lu, ¿dónde te metes? ¡Que va a empezar!". Nos vamos al primer concierto: un grupo de rock del Sáhara mezcla música tradicional tuareg con guitarras eléctricas. Nunca había oído nada igual. El solo de guitarra nos deja suspendidos en un territorio desconocido, melodías nuevas que me hacen pensar en cúpulas blancas contra un cielo azul, música que huele a canela, almendras tostadas, té y hierbabuena. Las cuerdas vibran vertiginosas, como el centelleo de un espejismo en el desierto. La onda expansiva del sonido atraviesa el espacio hasta explotarme en la cara como una tormenta de arena. Al terminar, el cantante gira sobre sí mismo y mira la ría que nos envuelve en esa isla pequeña como un barco. Se acerca al micrófono y nos confiesa con su voz arenosa, ahora quebrada, que es su primer concierto en el extranjero, que nunca habían visto el mar. Al público le recorre un escalofrío colectivo. Les hacemos una ovación de cinco minutos. Me siento un poco mejor; consigo bajarle el volumen al malestar que se queda ahí, como un rumor de fondo. Atardece en la ría y todo se vuelve naranja y violeta. Los conciertos se suceden y todos son buenos. Mis amigos me hacen reír. Pedimos chupitos de licor café. Camino hacia el puente que une los dos islotes. Desde la isla se ven más estrellas que desde ningún otro lugar que conozca. Pienso en los poetas, en los leprosos, en el capitán del galeón hundido, en las tripulaciones en cuarentena aburriéndose y jugando a las cartas. Pienso en los monjes tonsurados y en los ermitaños huesudos, que cultivan su huerto y recorren la isla pensativos. Pienso en los monstruos marinos de Verne y en las sirenas ahogadas de pena, en las enamoradas medievales condenadas a esperar, en las mujeres contemporáneas que ya no esperan más. Pienso en los piratas, los contrabandistas y los narcos. Pienso en los verdugos, los delatores y los cobardes. Pienso en las familias de los presos políticos mirando la isla desde las ventanas de sus casas, sin poder dormir. Pienso en mi padre nadando hacia la isla lleno de tristeza, pensando en las cosas que nunca le dijo a mi abuelo, con los estertores de la dictadura aún resonando en sus oídos. Pienso en mi bisabuelo remando con una sola mano, con los bolsillos del abrigo llenos de libros prohibidos, de los pedazos de su alianza de matrimonio rota, de dolor y tristeza. Pienso en los presos huyendo de la isla a nado, con las balas silbando muy cerca de sus cabezas tiñosas, hasta no poder más, flacos, demacrados, hasta hundirse en el mar. Derrotados.

E cercaron-mi as ondas do alto mar,
non ei barqueiro nen sei remar.

El volumen del malestar sube y sube y sube... hasta que Manu aparece por el camino y me da otro sobresalto. "¡Eh, Lu, te estábamos buscando, que se va el barco! ¿Qué te pasa hoy?"

Miro alrededor. Recuerdo dónde estoy o, más bien, *cuándo* estoy. El festival ha terminado y la gente camina hacia el catamarán para volver al puerto de Vigo. El paisaje después de un concierto siempre me deja desolada. Los técnicos están desmontando los focos, sobre el escenario quedan los despojos del concierto: cables, atriles, fundas de instrumentos… y delante se extiende un mar de hierba aplastada y vasos de plástico. Algún idiota ha dejado una lata de cerveza encima de la placa que conmemora la historia de la isla. La lanzo con rabia en el contenedor.

—Dime la verdad… ¿Tú no crees que somos una generación de imbéciles?

—*Home, pois si.* Un poco tarados sí que somos. Toma otra birra.

Niego con la cabeza y echo a andar hacia el muelle, con las manos hundidas en los bolsillos. Se ha levantado brisa.

—En serio, con todo lo que pasó aquí… ¿ya no le importa a nadie?

—Bastante tenemos con preocuparnos por el presente. El paro, la precariedad, la emigración. Tú deberías entenderlo, Londoner, ¡con la que se os viene encima!

—¿Y no atamos cabos? Aquí no se puede vivir, por eso nos tuvimos que ir. Nunca juzgaron a esos fachas; sus hijos y sus nietos nos siguen jodiendo… Ganaron. Siempre ganan.

—No digas eso. Las cosas cambiaron. Mejoraron. ¿O no?

—No lo sé, Manu, yo solo siento vergüenza. Somos una decepción para los que sí lucharon.

Manu aparca la pose irónica por un momento, se ajusta las gafas de pasta sobre la nariz pecosa y me mira fijamente. Pone esa cara de cuando me va a soltar una verdad a quemarropa.

—¿Y por qué crees tú que luchaban?

—Ilumíname.

Se queda callado unos segundos, comienza a hablar despacio.

—Precisamente para que un día nosotros pudiéramos hacer esto. Vivir sin miedo. Bailar en la isla de San Simón. Hablar como lo estamos haciendo ahora, sin preocuparnos de quién nos está escuchando y de si mañana nos van a pegar un tiro contra aquella pared de allí.

Sigo su mirada hasta el paredón sucio de la antigua prisión y me parece ver agujeros de bala. Vivir sin miedo. Pienso en Ernestina y

Luis, en el futuro que imaginaban. Desde luego no creo que fuera esto, pero quizás nos estemos acercando. Poco a poco. Haciendo que retroceda el vacío.

Como si me leyera la mente, Manu continúa.

—Claro que queda mucho por hacer. Esto nunca acaba. Aunque lleguemos a donde queremos estar, luego habrá que pelear por mantenernos allí. Y otros tendrán que seguir después de nosotros y luego otros. Es una carrera de fondo. Y de relevos. ¿Vamos?

Subimos al catamarán y nos unimos a los demás, que charlan acodados en la barandilla de popa. La ría está como un plato y la luna es una línea curva colgada del puente de Rande. Veo la sombra de la isla hacerse más y más pequeña hasta desaparecer. *Negra sombra que me asombras.* Me doy la vuelta y observo a la gente sentada en la cubierta, con el pelo ligeramente movido por la brisa, agotada y tranquila. Los pasajeros hablan en susurros. Algunos niños se han dormido; parecen felices. Una chica saca una guitarra y empieza a cantar una canción de María Arnal.

¡Silencio!
siguen ahí en silencio
suspendidos sus cuerpos
sus anhelos
sucia suerte
sus sueños susurran
siguen ahí…

El suelo los hizo suyos y nuestros
El cielo los tuvo vivos y muertos
joyas de la desmemoria moderna
¿quién se olvida
quién se acuerda?

...

después de ochenta años
después de ocho décadas
mientras yo canto
mientras él toca
mientras tú escuchas
mientras respiras
mientras, durante, después
siguen ahí en silencio.

La gente aplaude, casi con solemnidad. Quizás todos estamos pensando lo mismo en este preciso instante; recordamos a padres, madres, abuelas, bisabuelos... historias familiares contadas a medias. Pienso que a lo mejor todos llevamos ese sentimiento terrible atravesado en la garganta y por eso necesitamos bailar en la isla. El enorme peso que cargaba sobre mis flacas espaldas al fin se desliza hasta la cubierta y por un momento siento que lo comparto con los demás, que se aligera. La carga finalmente cae al agua y se hunde lentamente hacia el esqueleto de los galeones. Casi puedo verla, fosforescente entre los peces insomnes y las medusas transparentes. Sigue cayendo hasta desaparecer, hasta pasar a formar parte de las cosas que perdimos en el naufragio.

YOHENA ZALMAY

La fiesta

29 de noviembre de 2001

Escribo porque la memoria es frágil o más bien selectiva, diría mi tía Celia con sus setenta y pico de pirulos, y no quisiera olvidarme de esta etapa de mi vida. No me gustaría llegar a mis treinta años y no poder recordar con claridad estos días. Lo admito: siempre he sido una romanticona tapada. No de las que miran novelas o dibujan corazones por el borde de las hojas con el nombre del chico de sus sueños, pero sí de las que fantasean con que un día una persona las parta a la mitad con un rayo directo al corazón.

Terminar el secundario es un punto de inflexión para mí. Por suerte, yo ya tengo claras algunas decisiones de la adultez como, por ejemplo, nunca manejar. Me gané la fama de torpe desde pequeña, empezando por el récord familiar de apertura de pera, reiterados esguinces y fracturas, y hasta lo que en términos médicos se conoce como "caerse de su propia altura". Siempre tuve problemas siendo peatón, así que ni me quiero imaginar los peligros de estar al volante.

Ojalá todas las elecciones que tenga que hacer de acá en adelante sean tan fáciles como esta.

1 de diciembre de 2001

Hace días que mi papá me sermonea con la *responsabilidad civil.* Dice que estos políticos nos van a dejar "culo para arriba" con lo que están haciendo. A veces pienso que me quiere intimidar con todo eso para que no crezca y siga siendo su nenita. Le debe de haber agarrado un poco *el viejazo* con esto de la fiesta de egresados.

Confieso que tengo una ansiedad terrible por la fiesta y no solo porque no sé qué me voy a poner esa noche. Hoy votamos en el colegio y me tocó a mí encargarme del discurso. Un poco me lo veía venir, pero tenía la esperanza de zafar. No tengo ni idea de qué voy a decir. Sé que las chicas lo van a querer melancólico, para llorar y abrazarse. Pero los pibes no. Facundo ya me dijo que no me zarpe en cursilería. No sé qué voy a hacer, es tan difícil complacer a todos.

3 de diciembre de 2001

Todavía nos falta pagar la mitad del alquiler del salón y casi toda la comida. Pero no todos llevaron la plata a clases. Muchos dijeron que les avisaron a sus viejos pero que ellos no se la pudieron dar. Que no podían sacar efectivo de los cajeros automáticos. Tony dijo que fue con su papá a sacar lo que necesitaba antes de que se tomara el bondi para ir a trabajar y no lo consiguieron. Que les salía un cartel que decía: "Usted ha excedido el límite semanal". A mí me sonó un poco a chamuyo al principio, pero Rocío contó que su mamá le había dicho lo mismo cuando le pidió plata para comprarse las sandalias para la fiesta. Lo que sí me pareció raro es que Sabrina tampoco llevó la plata, y eso que la nueva vive en una mansión de dos pisos.

5 de diciembre de 2001

Me quedan pocos días para anotarme en la universidad. No entiendo en qué cabeza cabe que se puede decidir a los diecisiete años qué hacer por el resto de tu vida. Es como que te pidan elegir tu lugar favorito en el mundo cuando apenas te tomaste el tren para ir a Mar del Plata.

Ya hice varias pruebas vocacionales, pero las respuestas son tan ambiguas que sería más acertado si abriese una galleta de la fortuna y dejase que ella decidiese mi suerte. Me pregunto cuántas oportunidades tengo de equivocarme, cuántas veces puedo cambiar de carrera. Mi mamá dice que no me preocupe, que elija una y ya, que en definitiva todos hacen eso, que son pocos los que tienen la suerte de tenerlo claro desde pequeños y que, generalmente, ese "privilegio" viene acompañado de presión familiar para ser médico o abogado. Yo estoy segura de que mis papás estarán contentos con cualquier carrera que elija. Para su generación, que yo pueda ir a la universidad ya es todo un logro. ¡Imagínense si encima la termino!

6 de diciembre de 2001

La frase del día es: corralito financiero. No sé quién le puso ese nombre, si un economista o una maestra jardinera. A mí me hace acordar a cuando cuidaba a mi hermanito mientras mi mamá trabajaba doble turno. Lo metía en su corral atiborrado de juguetes, así no molestaba y podía tomarme unos mates y chusmear en paz con mis amigas. Ahora los políticos han puesto a todos los adultos en el corralito financiero para que los dejen hacer a gusto. Mi mamá dice que con esto nos están robando el país.

El asunto es que no se puede sacar dinero de los cajeros automáticos. Bah, poder se puede, pero solo doscientos cincuenta pesos por semana y por eso aún no hemos podido terminar de pagar la fiesta. No a todos les dan la plata en la casa porque, al parecer, hay otras prioridades. Por suerte, yo el dinero ya lo tengo porque me lo guardé de lo que me dieron para mi cumpleaños. Tenía pensado comprarme ropa para mi primer día de clases en la universidad, pero ya veo que a veces hay que cambiar de plan.

7 de diciembre de 2001

Estuve tratando de escribir el discurso para la fiesta y, como no me inspiraba, fui a la biblioteca y busqué discursos famosos. Lo único que encontré fueron ejemplos anticuados y aburridos, la mayoría hechos por gente de Estados Unidos hablando siempre de lo mismo: raza, color y libertad. Había uno que se repetía bastante, era de un tal Churchill; creo haber escuchado ese nombre en las clases de historia. No vi nada que valiese la pena, ni una mención a la amistad, esfuerzo y compañerismo del que me pudiese servir de inspiración. Voy a tener que trabajar mucho si es que quiero impresionar a todos.

Ayer el encargado del salón nos dijo que él nos pasó el presupuesto en dólares, así que, si no pagábamos pronto, le íbamos a deber más plata por el tema del fin de la convertibilidad. No entendimos ni mu de lo que hablaba, así que le dijimos al papá de Rocío, que sabe de automóviles, que hable con él sobre el asunto del convertible.

10 de diciembre de 2001

Hoy estábamos en clase con la profe de biología y le preguntamos si chequeó con el resto de los profesores quiénes van a venir a la fiesta y, de la nada, nos empezó a contar sobre su vida privada. Nos dijo que su marido trabaja en el Banco Santander y que el pobre está súper cansado. Que por motivos de seguridad los hacen entrar a todos a las seis de la mañana por la panadería de al lado. De ahí usan una escalera para pasar al patiecito de atrás del banco, a donde suelen salir a fumar. Y que hacen lo mismo para salir, pero se van tarde, a veces a las seis de la tarde, a veces a las ocho. Van yéndose de a uno, cuando ven que el tumulto de personas que van a gritar "estafadores" (y otras cosas que le dio pudor contarnos) a la puerta del banco se empieza a dispersar. La profesora estaba al borde del llanto cuando nos contaba. Nosotros solo queríamos saber quién venía a la fiesta, pero es tan difícil organizarse con los adultos, siempre tienen una excusa lista cada vez que les pedís algo.

13 de diciembre de 2001

En la televisión estos días no hacen otra cosa que mostrar las filas de gente en los cajeros automáticos y en las puertas del banco, todos amontonados para sacar plata, pero no hay un mango. Me imagino que con todas las fiestas de egresados que hay en diciembre, hay un montón de gente que necesita el dinero, como nosotros, para terminar de pagar. A mí me da un poco de bronca; parece que lo hacen a propósito. Me pregunto si todos los años hacían lo mismo y nosotros no nos dimos cuenta porque no estábamos pagando nuestro festejo.

Mi papá está otra vez insoportable. Se la pasa puteando a la tele y dice que cuando nos gobernaban peronistas esto no pasaba, que los radicales son unos boludos gigantes. Pero mi tía Celia dice que a ella le pasó lo mismo en la década del ochenta, que le dieron unos papeles Boden que no le sirven ni para limpiarse el upite. A mí todos estos problemas de dinero me aburren. Yo solo espero que mi viejo me compre el celular que me prometió para ir a la facultad y poder pasearme por la calle con mis libros bajo el brazo, entrar a un bar, pedirme un tostado de jamón y queso con exprimido de naranja y fingir que estudio; así todos me miran con respeto.

19 de diciembre de 2001

Esta tarde, estábamos con las chicas tomando un helado en la calle Maipú, la principal de Banfield, charlando sobre qué nos íbamos a poner para la fiesta y, de pronto, le sonó el celular a Sabrina. Todas saltamos emocionadas, porque es la primera en tener teléfono. Era la madre y le dijo que se fuera ya para la casa, que había estado de litio. No entendíamos bien qué era. Si se venían nubes grises y tormenta o una lluvia alcalina. Enseguida, la vieja chusma de la heladería nos dijo que escuchamos mal, que era estado de sitio, no de litio. Seguimos sin saber de qué se trataba, pero ella insistió en que nos fuéramos rápido a nuestras casas, que estaba prohibido andar en grupos cuando hay toque de queda, que ella ya lo vivió varias veces en las décadas del sesenta y setenta. Y cada vez que el pueblo no acató, terminó todo muy mal.

¿Qué onda con la fiesta? ¿Estado de sitio significa que no se puede salir de las casas ni hacer fiestas? Me quedé pensando a qué se refería la señora de la heladería con que todo terminó mal.

20 de diciembre de 2001

Se suponía que hoy era nuestro último día de clases, pero la directora del colegio empezó una cadena telefónica con los padres para que no fuésemos debido a la situación del país. Que era más seguro quedarnos en nuestras casas. Encima, no me dejaron ir al pijama party de Pamela. Me tuve que quedar en casa con mi hermano, mientras mis viejos se fueron a la Plaza de Mayo con mi tía Celia. Yo les rogué que no fueran, que quería ir a la pijamada, pero me dijeron que no, que aunque no lo pudiese comprender ahora, lo hacían por nuestro bien. Obvio que no entendí qué podía ser tan importante que no pudo esperar un día más. Lo más raro es que se llevaron todas las cacerolas de la casa, tuve que pedir pizza y usar otra vez la plata de mis ahorros porque ni una salchicha podía cocinar.

21 de diciembre de 2001

Mis viejos volvieron a las tres de la mañana. Estuvieron festejando en la plaza que el presidente Fernando de La Rúa renunció y se escapó por los techos en un helicóptero. Mamá lo contaba y lloraba de alegría. Dice que fue la primera vez que vio a tanta gente reunida sin ninguna bandera política de por medio, más que la celeste y blanca. "*Piquete y cacerola, la lucha es una sola*", cantaba la gente al unísono en la Plaza de Mayo. Yo no entendí muy bien el cántico, pero ella me explicó que significa la unión de los diferentes sectores sociales en una misma causa. La gente que hace piquetes porque no tiene trabajo ni dinero para darle de comer a sus hijos y la gente que tiene el dinero, pero no puede usarlo por el corralito financiero.

Ahora hay un presidente nuevo, Ramón Puerta, pero la cagada es que la ley marcial sigue. Mi papá dijo que no la van a levantar todavía, menos después de lo de ayer: los policías mataron a nueve personas. Y eso fue solo frente a la Casa Rosada; en la tele dicen que son como treinta los muertos en todo el país por las protestas. "Jornada trágica" se escucha en todos los noticieros y no paran de anunciar el pronóstico del tiempo: desmejorando, con 90% de probabilidad de devaluación, violentas ráfagas de saqueos provenientes del centro del país y conourbano bonaerense; incremento del malhumor y presión arterial de cara al fin de semana. Al final, una lluvia alcalina hubiese sido mejor que este estado de sitio.

23 de diciembre de 2001

Hoy asumió otro presidente, un tal Adolfo Rodríguez Saá, y espero que termine pronto con el estallido en el que el otro nos metió. Hasta me miré su discurso en el Congreso al asumir el poder, para ver si sacaba la veda y me daba alguna idea para mi discurso, pero solo dijo unas boludeces de no pagar la deuda externa y ya. Aún no sabemos nada de la fiesta.

Con las chicas decidimos hacer promesas. Yo prometí que, si este presi saca el estado de sitio, voy a ir a la fiesta vestida color rosa chicle, color que odio, pero con tal de que haya fiesta, me pongo lo que sea. Ceci prometió que dejará de fumar por una semana y Pame que no se teñirá el pelo por un mes.

24 de diciembre de 2001

Me agarró un poco el bajón, no sé si es porque hoy es Nochebuena o por todo esto que está pasando. Me dio como una cosita en el estómago, unas ganas locas de volver a ser pequeña, de las navidades en la casa de mi tía donde nos subíamos al techo a medianoche para ver los fuegos artificiales y tratar de encontrar a Papá Noel saltando de casa en casa. Ahora pienso en Pocho Lepratti, un joven de Rosario que se subió al techo de un comedor infantil para decirle a los policías que acababan de llegar a la zona a los tiros que bajen las armas, que ahí solo había pibes comiendo. Le dieron un tiro en la garganta y murió en el acto. Tenía la edad de mi hermano mayor.

25 de diciembre de 2001

Feliz Austeridad. La crisis se sentó en la mesa e hizo estragos en el arbolito familiar. Un pan dulce fue lo que me tocó de regalo y la mitad ya se la comieron mis primos.

A Ceci se le ocurrió una gran idea en la cadena de emails de hoy: como todos los adultos están embobados frente a la tele viendo qué pasa con la economía del país y la gran deuda que tenemos con el Fondo Monetario Internacional, es el momento ideal para que nos robemos lo que queda de las sidras y champagne para la previa de la fiesta.

26 de diciembre de 2001

Buenas noticias: la fiesta se va a hacer igual, aunque siga el estado de sitio. Los padres hablaron con el encargado del salón y decidieron hacerla de todas maneras; van a contratar seguridad privada por las dudas, pero nuestro festejo de graduación sigue en pie.

Aunque no soy muy amante de usar vestido, tacos y ser parte del elenco principal, disfrutaré la noche con la tranquilidad que me da saber que esta será la última de las fiestas que tendré que protagonizar ya que no tengo ninguna intención de casarme y mucho menos gastar plata en festejarlo.

27 de diciembre de 2001

Cuando me bajó la emoción por el notición, me di cuenta de que aún no tengo el discurso armado. No sé igual de qué me sorprendo, si la historia de mi vida consiste en dejar todo para el último momento. Hoy, como sea, lo termino.

28 de diciembre de 2001

Treinta y cinco grados aún a las nueve de la noche. El maquillaje me corría por la cara cual catarata y los pies los tenía como dos empanadas montadas en sandalias taco aguja, pero la fiesta finalmente estaba ocurriendo. ¡Qué felicidad después de tanto sacrificio! La única cagada era que había redoblado la promesa de que, si había fiesta, además del vestido rosa chicle, iba a usar una peluca estilo cantante de rock años ochenta. Lo mal que debo de haber salido en las fotos.

Para la entrada sirvieron unos canapés, pero yo no los probé porque no quería que me marcaran la panza con el vestido de lycra. También había tragos, pero parecía que los preparó mi papá porque de alcohol no tenían nada. Menos mal que, mientras nos cambiábamos todas juntas en lo de Pame, hicimos la previa con las botellas que incautamos en Navidad.

A eso de las once, cuando empezaron a servir el plato principal, un grupo enorme de chicos entró en el salón y empezó a caminar entre las mesas y sacarle la comida a quienes habían sido servidos. Así nomás, sin camisa ni corbata, se acomodaron y empezaron a comer. Enseguida Sabrina fue a buscar a la gente de seguridad que habíamos contratado para que los echaran, pero le dijeron que eran todos menores de edad, que no iban ni a acercárseles para evitar problemas. Los padres se autoconvocaron rápidamente en el medio de la pista de baile y decidieron dejarlos, sin consultarnos.

Eran todas caras conocidas. Ellos también eran egresados 2001, pero de la escuela rural que está en la otra cuadra del colegio. La llaman rural no porque está en el campo, sino porque el alumnado viene de lejos. En nuestra mesa se sentaron Daniel y Rodolfo. Mi mamá enseguida los reconoció, les sirvió vino y se puso a charlar con ellos. Se habían conocido la noche del cacerolazo en Plaza de Mayo. Al principio, estaba furiosa con ellos, porque no habían hecho ningún esfuerzo por la fiesta y encima, que mi mamá los atendiese tan bien me daba más rabia aún.

Daniel no paraba de comer el carré de cerdo con ciruelas ni de charlar con mi mamá. Hablaba con comida en la boca, pero a ella parecía no molestarle y escuchaba atenta todos los planes que él tenía para el próximo año, cuando de repente se cortó la luz, un clásico del verano porteño, culpa en parte de la gente que pone el aire acondicionado a quince grados, como si esa fuese la temperatura por esperar en esta época del año.

En el salón no había equipo electrógeno disponible, ni luces de emergencia, ni linternas, ni velas o hielo suficiente, por lo que la fiesta se estaba convirtiendo en un desconcierto en donde cada uno hacía lo que quería. Algunos empleados aprovecharon el apagón y se fueron a sus casas; otros seguían caminando con las bandejas llenas de comida, pero, en vez de servirnos, iban comiendo de ellas. Todos los padres, profesores y egresados tiraron sus corbatas y camisas al piso conformándose en la pista una masa homogénea de trapos rebeldes. Mi viejo gritaba "¡Qué vivan los descamisados!", mientras alzaba el chop de cerveza y brindaba al aire. Mi tía Celia estaba dele pellizcar al abuelo de Sabrina por debajo de la mesa. Las profesoras se reagruparon todas en una mesa con el botín que habían conseguido y le dieron fuerte a la bebida.

De repente, los amigos de Daniel aparecieron con los bombos y cacerolas que usaron en la marcha y a pulmón y sidra caliente, llenamos la pista con las canciones que íbamos recordando, los bombos marcaban el ritmo y la borrachera los pasos. Entre las columnas, podías ver a algunos padres chapando y hasta manoseándose. Incluso los más tímidos bailaban, pero lo que más me sorprendió es ver a Julián, que es el más nerd y chupacirios de todos mis compañeros, en cuero dándole duro y parejo al bombo de Rodolfo.

Entre tantos saltos y cánticos murgueros, llegó un momento en que yo ya no podía más con la peluca afro. Me paré unos minutos detrás de la barra, me saqué el mamotreto de la cabeza y observé cómo todo fluía tan lejos de lo planeado y, sin embargo, todos estaban felices en el caos. Se sentían poderosos, ingobernables. Solo una cosa ortodoxa quedaba en esa fiesta así que, sin vacilar, me metí la mano dentro del escote del vestido, saqué el discurso, lo puse en un balde de champagne, le eché ron encima y le prendí fuego. Ver en llamas al último retazo de norma que reinaba en esa fiesta, me dio una sensación de control que nunca sentí antes. Revigorizada, agarré de nuevo mi cacerola y mi cuchara y volví al centro de la pista.

29 de diciembre de 2001

Los festejos se extendieron hasta las nueve de la mañana, cuando el sol de verano entrando por el ventanal era ya insoportable. Despertamos a los que estaban dormidos por ahí y emprendimos la vuelta. Debo decir que no me enorgulleció la situación en la que quedó el salón. Se habían roto floreros, sillas, mesas, en las paredes se leía "garcas", "que se vayan todos", "manga de mafiosos", "vende patria", "al pueblo lo que es del pueblo". Desaparecieron todos los centros de mesa y manteles: hasta el arbolito de Navidad se llevaron. El piso de madera era un chiquero; había basura por todos lados, pero Daniel dijo que se parecía mucho a la Plaza de Mayo después que el pueblo se manifestara y eso me dio cierto consuelo poético.

Como mis viejos se habían ido cuando todavía reinaba la oscuridad, Daniel se ofreció a acompañarme a casa. En el camino no contuve más la curiosidad y le pregunté por qué fueron a la fiesta. Se quedó en silencio unos segundos pero, más que pensando, estaba buscando la manera de decirlo. "Fue idea de tu tía Celia. En la marcha, nos dijo que vos y tus amigas estaban en una burbuja, aisladas de lo que estaba pasando en el país. Con Rodolfo nos quedamos pensando que no estaría mal ayudar al prójimo a despabilarse un poco y disfrutar una fiesta de egresados en el mientras tanto. En definitiva, para sobrevivir en Argentina hay que tener cintura y saber bailar".

31 de diciembre de 2001

Dos días desde la fiesta y aún me duelen las pantorrillas de tanto saltar. También me dura el recuerdo de la sidra caliente y me dan náuseas. No hago más que estar echada en la cama con el ventilador enfrente. Bienvenida adultez.

Acefalia: que carece de cabeza. Esta es la palabra nueva del día, que tuve que buscar en el diccionario porque no paran de repetirla ni en la tele ni en casa. Somos unos descabezados políticos, desde que Saá renunció anoche.

Ahora anuncian que Eduardo Camaño es nuestro nuevo cabeza-presidente, pero no por mucho; pasará el mando mañana a no se sabe quién. Es que nadie quiere hacerse cargo del quilombo en el que estamos. Ya van como cinco presidentes en una semana. Estamos cambiando más de presi que de calzón (y aún seguimos cagados), se la pasa repitiendo mi tía, que llama a cada rato para comentar con mis papás lo que pasan en la televisión.

2 de enero de 2002

Tenemos otro presidente nuevo llamado Eduardo "el cabezón" Duhalde. Con ese apodo, tiene que ser una señal divina.

6 de enero de 2002

En Argentina es sabido que se pasa de la niñez a la adolescencia cuando nos hacemos el primer mate para tomar solos. Pacientemente calentamos el agua, cuidando sigilosamente que no hierva para no quemarnos ni quemar la yerba y, una vez que dimos con la temperatura ideal (previo chequeo con el dedito), nos sentamos a cebar. El mate, la pava, nosotros y nuestros pensamientos. Quizás por eso la preadolescencia se llama la edad del pavo. Al principio debió ser la edad de la pava, pero con la tendencia de hacer todo masculino, se cambió a la edad del pavo.

Ahora bien, entrar en la adultez en nuestro país no sucede cuando votás por primera vez, cuando sacás el registro de conducir, cuando vas a la universidad o te pagás tus propias vacaciones con amigas. Acá te hacés adulto cuando vivís tu primera crisis político-económica. Mi tía Celia, que vivió muchas, dice que por eso nos gobiernan como nos gobiernan. Giramos en círculos infinitos y cada par de años tenemos una crisis para que los adolescentes se inicien en la adultez.

Todo cobra otra dimensión cuando sos adulto. Es difícil de explicar. Es como que alguien por detrás te levanta unos centímetros del suelo, pero, en vez de sentirte más ligero, el techo se te viene encima. Tenés que andar bien cuidadoso, con la nuca de a ratos para un costado para no dártela de una contra el cielorraso.

Argentina tocó fondo y reconforta saber que no se puede estar peor. En los últimos días aprendí mucho más que en los cinco años que estuve en el colegio con clases de Historia, Educación Cívica, Literatura y Economía. Ahora sé que no se puede confiar en los políticos, en sus discursos, ni en su moral. Mucho menos se puede confiar en la policía, ni esperar justicia por parte del estado. Mi tía Celia insiste en que tampoco confíe en la memoria, que Argentina sufre el mal del olvido. Es la primera vez que lo escucho, pero al parecer lleva décadas la enfermedad. Por eso, continuaré escribiendo; al menos ya puedo estar segura de qué profesión seguiré.

ALBA VIDAL

Shepherd's Bush

I

Siempre es una voz de mujer.
Siri, Alexa, el autoservicio del supermercado. La megafonía del metro que te dice cuál es la siguiente parada, qué estaciones tienen acceso para sillas de ruedas, qué líneas tienen retrasos.

La voz de mi madre diciéndome que solo pienso en mí misma, que soy buena estudiante pero mala hija, que no me queda bien el pintalabios, que espera que todo me salga mal y tenga que volver a casa...

Un frenazo en medio del túnel me saca de mi ensimismamiento y vuelvo al momento presente: no estoy en España con ella; estoy en Londres rodeada de voces femeninas robóticas y de otros desafortunados como yo que tienen que coger la Central Line todas las mañanas.

Otro día más en el mismo tren en el que no viaja una sola persona guapa ni nadie que no parezca un perdedor. Qué cosas tan crueles llego a decir, como si pudiera permitírmelo. A lo mejor hay algo intrínsecamente poco deseable y embarazoso en vivir más allá de la zona 3, algo que te vuelve gris y triste y te marca con un "no lo he conseguido" tatuado en la frente que solo se ve si te fijas mucho.

Qué cosas tan crueles de gente de la que no sé nada más que lo que veo: que llevan zapatos cómodos y feos.

Si al menos estuviera en un avión podría quedarme transpuesta, babeando en una almohada con forma de cruasán y, al despertar, el sol se me filtraría entre las pestañas y miraría el mundo desde arriba, la curvatura de la Tierra, y todo lo que vería serían posibilidades.

II

Voy a ver a Nico,
cuya consulta está al lado de la casa de Sylvia Plath. La vida tiene un sentido del humor muy peculiar. Cuando les conté este detalle a mis amigos, bromearon diciéndome que no se me ocurriera meter la cabeza en el horno, como si existiera horno lo bastante grande para todas mis gilipolleces.

Le digo que me está volviendo a pasar: la bola de acero en la boca del estómago que no puedo tragar ni vomitar, que se me queda atascada entre la vergüenza y el miedo. Me mira, asiente, y no sé si le pago demasiado o demasiado poco.

Me habla del niño interior. Imagino a una versión diminuta de mí misma controlando cada paso que doy desde una sala de mandos dentro de mi cráneo y le digo que lo que me pasa no es eso. Ojalá lo fuera. Al menos habría alguien al volante, sentada quizá en un sillón ovalado en miniatura y utilizando mis ojos de visor.

Yo, más bien, soy una niña subida a hombros de otra niña, las dos escondidas en una gabardina fingiendo ser una adulta completa. He interiorizado tanto esta imagen que empiezo a ver a estas dos niñas como personas reales. Espero que la de abajo no esté muy cansada, que no tenga problemas de espalda. Sobre todo, no paro de pensar en que, en cualquier momento, la de arriba se va a caer y se va a descubrir todo el pastel: que vivo en una ciudad que puede conmigo, que mi trabajo me viene grande, que tengo miedo a los hombres.

Me imagino todo esto mientras miro embobada las imágenes genéricas colgadas en la pared de la consulta (un bosque, una gota, una duna roja impoluta). Por eso no puedo arriesgarme a tropezar ni dejar que nadie se me acerque demasiado. Un abrazo puede ser fatal. Me pillarían in fraganti. Medio yo se quedaría en el suelo, y menuda situación.

III

En el tren a Shepherd's Bush
hay una chica hablándole de su poesía a un español con perilla que se parece a cualquier otro español con perilla de Londres, y habla y habla y me siento incómoda sin saber por qué. A lo mejor porque escribir es para mí algo tan íntimo, tan personal, que solo se debería hablar de ello en esquinas tranquilas y poco iluminadas, taza de té en mano, una tarde de invierno, mañana de otoño o noche de verano, no entre la vulgaridad y la suciedad del metro. Quiero que paren ya. Ella no deja de repetir "actually" y "poem" una y otra vez, y no quiero oírlo, no quiero oír nada nunca más. Hay una razón por la que escribo ciertas

cosas en vez de decirlas en voz alta. Quizá la verdadera razón por la que me pone tan nerviosa es porque suena como yo temo sonar para los demás o porque para mí escribir es, secreta y no tan secretamente, mi última esperanza. Por patético que sea, siempre nos agarramos con uñas y dientes a lo que nos hace sentir especiales.

El metro me deja
en las fauces del centro comercial.
No sé ni cuándo he entrado, pero salgo con tres bolsas de ropa
un pretzel
una suscripción al gimnasio porque entré a pedir información pero
no pude quitarme de encima a la recepcionista y me daba vergüenza
decir que no.
Paso al lado de una montaña de hojas y basura
los mismos sintecho de siempre
el esqueleto calcinado de la torre Grenfell
donde gente que no podía permitirse un hogar mejor murió abrasada
su casa de repente una jaula de fuego.
Casi me estrello contra un hombre que me tiende una revista
le faltan un montón de dientes.
Hello, darling
Revuelvo la mochila buscando la cartera
escondida entre un cepillo de bambú
y un panfleto de una charla sobre feminismo.
Intento entablar conversación, digo
que claro que quiero comprarlo
que se quede con el cambio
que tenga buen día él también
que de nada, faltaría más
ja ja ja.

Y mientras me alejo y dejo de sonreír
saco el móvil
como una delincuente
como la desgracia humana que soy en realidad
y busco en Google: "¿Los vendedores del *Big Issue* son de fiar?".

IV
(parada técnica)

Amor verdadero.
El misterioso desconocido
del que hablaban las novelas rosas
aparece envuelto en un remolino de humo
y un exterior apacible.
Solo quien abre la tapa
revela el tesoro interior
triste y amargo
fuerte e indomable
en blanco y negro, claro.
Eres el único que me entiende
cuando me levantas por encima de la neblina del sueño
y me siento segura
comprendida
capaz.
Una calidez familiar
me baja de los labios a la punta de los dedos
y se me enciende el cerebro como un árbol de Navidad
cada luz parpadeando en código: estoy aquí, estoy lista para el mundo.
He intentado querer a otros
y no querer a nadie
pero siempre acabo volviendo a ti.

Un americano con leche para llevar, por favor.

V

Me encantan las crisis
y no podía perderme la del cuarto de siglo.
Vivo en la ciudad de mis sueños y aun así me siento acosada por una nube negra que susurra o grita que no estoy siendo una buena veinteañera, igual que no fui una buena adolescente.
No dejo de pensar
en el tictac del reloj
el espacio que se cierra
los ojos que se clavan
en la nuca
preguntando
cuándo
y por qué
y crees que es buena idea
y la respuesta es
no lo sé
no lo sé
no sé si el mundo podrá perdonarme
por tener 25 años
y sentarme sola en el parque
a beber café y comer palitos de pan
mirando la torre Grenfell
malgastando "los mejores años de mi vida"
pensando en que se me está acabando la medicación
en que todo el mundo me odia
en mis citas fallidas
en que algunos cadáveres quedaron tan calcinados que no hay

restos de ADN.

Los padres de mi amiga son ricos,
así que puede permitirse vivir en Notting Hill. Sentada en la terraza de su pisito, disfrutamos de un día precioso, inusual, sin una nube que se interponga entre nosotras y el esqueleto desfigurado del edificio, tapado ahora por una lona con un corazón verde y "Grenfell: forever in our hearts" escrito en mayúsculas.
Me enfado e inmediatamente después siento catarsis y orgullo por ese enfado, y eso me pone enferma. Me repugna creer que reaccionar con rabia ante la muerte de más de cien personas dice algo bueno de mí o de mi conciencia política, que tiene que ver conmigo, que me hace mejor.

Me conformo con pensar en que es un mecanismo de defensa que me ayuda a salir de la cama por las mañanas, a poder poner la televisión sin echarme a llorar.

VI

Londres sigue adelante
como un gran gusano prehistórico, arrastrando su cuerpo luminoso pase lo que pase, día y noche, llueva o llueva.

Llegará el momento de tirar la dichosa torre, aunque ahora parezca imposible, y su recuerdo se perderá entre nuevos edificios y nuevas preocupaciones. Quizá la tire yo misma desde un rincón del mundo con más sol y menos contaminación, al pasar Grenfell, Shepherd's Bush y estos tres últimos años por el favorecedor filtro de la distancia y la memoria.

Hay tardes en las que me quito los zapatos y el coro de voces de mujer de mi cabeza me pregunta qué hago aquí todavía, por qué no vuelvo a casa. Otros días, me los dejo puestos y les respondo que mi casa está aquí.

JULIA HORCAJO HERNÁNDEZ

Legado

Mi madre llevaba horas de arriba para abajo.

—Pero, ¿qué está haciendo tu madre ahora? —me preguntó mi padre como siempre, esperando que por algún tipo de arte adivinatoria yo fuera capaz de saber qué hacía mi madre en el preciso momento en el que teníamos que salir de casa.

A lo largo de los años, esto se había convertido en una práctica común. Es como si, de alguna manera, para mi madre dejar todo en orden antes de salir fuese a arreglar el resto del mundo y ponerlo en orden también. Yo me encogí de hombros y volví a meter la nariz en mi libro. No recuerdo qué leía, pero sí recuerdo que antes leía mucho más.

Mi hermana bajó las escaleras.

—Ya estoy —sentenció—. ¿Dónde está mamá?

Mi padre subió la mirada al techo, desesperado.

—Marisa, vamos, que llegamos tarde… ¿Se puede saber qué haces?

—Ya voy, ya voy —gritó mi madre, desde el piso de arriba.

Todos sabíamos que esa afirmación no era garantía de nada, así que procedimos a montarnos en el coche, con la esperanza de que la presión hiciera mella en ella y acabara acelerando su proceso.

El tanatorio estaba en Segovia, a una hora de Madrid más o menos. Toda mi familia es de allí, pero mis padres se mudaron a Madrid para trabajar y mi hermana y yo nacimos en la capital. Ya no íbamos tanto como antes; supongo que así es la vida. Cuando entramos por la puerta, la mitad de mi familia ya estaba allí y el resto no tardó en llegar. Segovia no es una ciudad muy grande y mi abuelo había vivido allí toda su vida, manejado un negocio y jugado la reglamentaria partida de cartas de los sábados con los amigos durante casi ochenta años, así que no era de extrañar que procesiones de gente aparecieran a presentar sus respetos. Toda la población octogenaria de la ciudad medieval hizo acopio de fuerzas y, agarrada a sus bastones, anduvo pasito a pasito hasta el cuarto en el que descansaba el cuerpo de mi abuelo para decirle adiós. Las horas pasaban y los comentarios de desconocidos se sucedían uno tras otro.

—¡Hola, bonita! Lo siento mucho. Mira que era majo tu abuelo. A mí siempre me daba un bote de mermelada de esa tan rica que él hacía…

—Bueno, maja, seguro que ahora está feliz en el cielo con tu abuela. ¡Cómo se querían! Eso sí que era una pareja maravillosa…

—Hay que ver cómo pasa el tiempo. Me acuerdo cuando yo le compraba los tornillos a tu abuelo ahí en la ferretería y tenía a tu padre, pequeñísimo, ayudándole…

—Gracias, Goyita. Le vamos a echar muchísimo de menos. Gracias por venir… —se despidió mi prima de una de las mujeres que se había acercado a ella.

—Como Goyita siga andando a esa velocidad, igual para cuando llegue a donde está el abuelo, ya ha cumplido los noventa —dije, mientras veía a la anciana esforzándose por avanzar los diez metros que la separaban del ventanal.

—¡No seas mala! —me dijo mi prima, mientras me daba un golpe cariñoso en el brazo.

Llevábamos tantas horas en aquella sala, que el cansancio había empezado a quebrar nuestra capacidad de asentir y sonreír cuando alguien se acercaba a contarnos recuerdos de mi abuelo.

En uno de mis viajes al baño, que eran más una escapada que una necesidad fisiológica, escuché una conversación entre mi padre y mis tíos. Hablaban de que aquel no era el momento ni el lugar para discutir sobre "estos temas", pero, por lo que llegué a escuchar, hablaban sobre el testamento. Aún no lo habían leído, pero sus conjeturas sobre quién se llevaría qué estaban empezando a provocar los primeros roces. El ambiente estaba tenso. Al fin y al cabo, todos acababan de perder a su padre.

Decidí dejar esa conversación para los mayores y seguir avanzando, pero, en lugar de al baño, esta vez fui a la calle. Yo no era la única a la que le faltaba el aire en aquella sala; mis primos estaban en la puerta debatiendo si sería muy mala idea ir a tomar una cerveza.

—Yo creo que nadie nos va a echar de menos si nos vamos un ratito, ¿no?—dijo uno de ellos.

Cruzamos las miradas en silencio, como cuando sabes que algo no está del todo bien, pero solo necesitas que te den una razón ligeramente válida para agarrarte a ella y hacerlo.

Había pasado una semana desde el funeral y yo seguía pensando en la conversación que había escuchado sobre el testamento. Es curioso cómo un trozo de papel puede manejar la vida de tanta gente. Al parecer, en el de mi abuelo había ciertas cosas que no estaban claras y esto estaba trayendo demasiados quebraderos de cabeza. Mi padre andaba de un lado para el otro al teléfono con sus hermanos, a veces gritaba, a veces defendía a uno frente a otro y a veces se ponía muy serio. Supongo que cuando alguien se está muriendo, empiezas a pensar qué va a pasar con su patrimonio. Son cosas que no eran tuyas y que no querías, pero cuando se reparten, todos quieren su trozo del pastel. "¿Y por qué esto para ti y no para mí?". "Yo he hecho todos estos sacrificios durante mi vida… ¿y te deja a ti esto que tiene más valor cuando tú no has hecho nada?". "Hasta hace dos días vivías perfectamente sin eso y ahora que no es para ti lo quieres más que nada". Me parecía asombroso.

Estaba yo perdida en mis pensamientos, cuando sonó el teléfono.

—¿Qué haces? Venga… Paso a por ti y vamos a dar una vuelta —me dijo mi prima.

—No puedo, tengo que hacer mi testamento —respondí yo. Se hizo el silencio al otro lado de la línea.

Después del shock inicial, fuimos a dar el prometido paseo. El "paso a por ti" era una metáfora, porque Blanca no tenía coche, así que siempre era yo la que terminaba pasando a por ella.

—Tía, ¿qué dices sobre hacer un testamento? No me asustes…

—Lo he estado pensando; todos deberíamos tener uno.

Le conté lo de las conversaciones de nuestros padres y mis reflexiones sobre las herencias. En mi opinión, si todo el mundo tuviese sus asuntos en orden, nadie se pelearía. Pensé que era necesario, no solo dejar una lista de quién se queda con qué, sino por qué.

—Vale, todo eso es estupendo, pero tú ni tienes cosas, ni te vas a morir pronto —me dijo.

—Eso no lo sabemos. Mira cómo está el mundo, la mitad en guerra, la otra mitad en crisis y el otro día un niño se atragantó con una uva y se murió. ¡Una uva! Te puede pasar en cualquier momento.

—Se te está yendo la olla tía. ¡Que no te vas a morir!

La conversación se había vuelto demasiado seria para nuestro paseo, así que nos sentamos en una terraza a tomar cervezas mientras discutíamos quién tenía razón. Después de la tercera cerveza, incluso preguntamos al camarero su opinión sobre los testamentos. Entiendo que fuera de contexto esta podría ser una pregunta un tanto extraña, pero el señor salió del paso con una respuesta muy concluyente:

—Yo no pienso hacer uno porque me lo voy a gastar todo en vida. Voy a dejar un legado, no un papel.

Mi prima me miró muy seria y me dijo:

—Yo solo tengo veinte euros.

Unas semanas más tarde, salí a cenar con mis padres, mi hermana y su novio Maxime a un restaurante de fusión japonesa que había elegido mi hermana, al parecer de buenísima reputación. Nos sentaron en una mesa alta con taburetes. Mi padre dejó caer alguna broma sobre lo trendy que nos estábamos volviendo. Llevábamos unos minutos descifrando el menú, cuando mi móvil empezó a vibrar sin parar. Los mensajes se agolpaban en la pantalla. Bzzz, bzzz, bzzz, bzzz. Normalmente me olvido del teléfono en las comidas, pero la insistencia me hizo desbloquearlo. Empecé a leer:

Elena: ¿Diana, estás bien?
María: Didi, ¿ha pasado por tu zona?
Ana: Tía, acabo de leer que ha habido una bomba en el estadio de fútbol.
Laura: Yo he visto que en un restaurante.
Bea: Ahora están diciendo que alguien está disparando en un concierto.
Diana… ¡Contesta!

Mi amiga Diana estaba en París desde hacía unos meses; se había ido a estudiar allí y vivía en un pisito pequeño en el centro.

—Ha habido un atentado en París, o varios, no estoy segura —dije, levantando la mirada. Lo dije con voz grave y mirando directamente al novio de mi hermana, que era francés. Todos me miraron en silencio. Maxime agarró su teléfono rápidamente y abrió una página de noticias francesa. Yo iba siguiendo el minuto a minuto de Le Figaro, mientras él y mi hermana intentaban contactar a sus amigos para asegurarse de que todo el mundo estaba bien.

Mi amiga Diana nos había confirmado que estaba a salvo en casa, pero que vivía muy cerca del club Bataclán donde había ocurrido el ataque masivo y había visto a gente corriendo por la calle y miles de coches de policía y ambulancias. Tras aquellos primeros momentos de estrés y desconcierto, conseguimos confirmar que todos nuestros conocidos estaban bien. No había mucho más que pudiéramos hacer, así que volvimos a nuestra cena, pero ahora todo tenía un regusto amargo.

Me pasé toda la noche leyendo las noticias, refrescando la pantalla para seguir la evolución de los acontecimientos. No podía entender cómo en cuestión de minutos la vida de tantas personas había cambiado para siempre. Mi abuelo había muerto de anciano, por una enfermedad, pero con una vida bien vivida a sus espaldas. Pero toda esta gente, que probablemente había salido a la calle como cualquier otra tarde, incluso pensando en lo que tenían que hacer al día siguiente, me rompía el corazón.

Sentí una necesidad irracional de "hacer algo con mi vida", así que unos días después llamé a mi prima.

—Neni, vámonos de viaje.

Me dijo que le apetecía un montón y que deberíamos ir a un sitio en Europa que no estuviera muy lejos para poder aprovechar bien el tiempo. Debatimos un buen rato sobre el destino ideal. Mi colegio solía organizar viajes por varios países europeos cada año, así que yo ya había recorrido unas cuantas ciudades, pero al final nos decantamos por Berlín, una ciudad con historia, cultura y fiesta. ¿Qué más se podía pedir?

Mi hermana Marta decidió acompañarnos; llevaba unos meses muy estresada con el trabajo y necesitaba una distracción. Tenía dos años más que yo y tres más que Blanca, y aunque esperaba paciente a que alcanzáramos la madurez y nos comportáramos como personas decentes y coherentes, nunca dejábamos de sorprenderla. Por ejemplo, mi prima y yo usábamos el término "Neni" para referirnos la una a la otra de manera cariñosa. Lo habíamos utilizado por primera vez por error y lo mantuvimos por placer, pero a mi hermana le provocaba casi urticaria y a nosotras nos parecía tremendamente gracioso. Supongo que después lo seguimos usando más como un sello. Era algo nuestro y siempre era divertido ver la desesperación en la cara de nuestros familiares cuando lo escuchaban.

Nos repartimos las tareas. Mi hermana se encargaba de buscar restaurantes y bares chulos; Blanca, de rutas turísticas y fiesta nocturna, y yo, del alojamiento. Hasta ahí todo iba bien. Cada una estaba al cien por cien con sus obligaciones; el WhatsApp estaba que ardía con tantos mensajes, todas muy emocionadas. Por fin llegó el día. Volamos a Berlín un viernes por la tarde. Cuando aterrizamos, aún quedaba un poco de ese sol de invierno que no calienta, pero hace todo más bonito. Nos dirigimos hacia el metro muy decididas, hasta que nos dimos cuenta de que no teníamos ni idea de alemán.

—A ver, no puede ser tan difícil, va con declinaciones, como el latín —dije yo. Mi hermana subió los ojos al cielo como hacía mi padre con mi madre.

—Anda, vamos por aquí —dijo, liderando el camino.

Resulta que debajo del alemán estaban las traducciones en inglés, así que mis "amplios" conocimientos del latín no eran necesarios. Cambiamos un par de veces de línea hasta llegar a nuestra parada; *strasse* por aquí, *strasse* por allá... Nuestra confusión iba en aumento y los nombres de las paradas parecían insultos lanzados con maldad cuando la voz del metro los anunciaba.

Finalmente, salimos del metro y emprendimos el camino hacia el hotel. Yo iba delante mirando Google Maps. Mi hermana y mi prima habían insistido en que buscáramos un RB&B, pero yo les había convencido de que este hotel tenía un precio fantástico, que incluía desayuno y estaba situado en una zona estupenda, así que al final me dejaron hacer.

—Aquí estamos —confirmé.

Ellas miraron hacia la dirección en la que yo señalaba y abrieron los ojos como platos.

—¿A qué te refieres con "aquí estamos"? —dijo mi hermana.

Mi prima no sabía si reírse o llorar.

—Pero esto es un hostel —dijo.

—No es un hostel —repliqué yo, aunque sí lo era.

Cuando llegamos a la recepción, hicimos cola detrás de unos mochileros durante unos minutos, unos tipos majísimos con la mitad de sus posesiones enganchadas a la espalda. La encantadora mujer de la recepción nos explicó las reglas del lugar y nos proporcionó las llaves para nuestra habitación. Nuestra sorpresa llegó cuando, al cruzar la puerta, descubrimos que no éramos las únicas con llaves de esa habitación. Las literas se apelotonaban, dejando un espacio mínimo entre unas y otras, y las nuestras estaban pegadas a la ventana.

Las otras tres personas que había en la habitación pararon sus quehaceres para mirarnos. Saludamos con la mano y señalamos a las camas del fondo. Una mujer portuguesa de unos cuarenta años se secaba el pelo en una esquina pegada al lavabo y no parecía muy contenta con nuestra presencia. Señaló hacia su cama, que parecía un bunquer flanqueado por toallas que hacían las veces de paredes y gesticuló para hacernos entender que no podíamos tocarlo. Al fondo, un par de chicas eslovenas de unos veinte años que colgaban su ropa en el resquicio de la ventana nos explicaron con su inglés-lenguaje de signos que se iban al día siguiente y necesitaban secar la ropa antes de meterla en la mochila.

Mi hermana y mi prima estaban sin palabras; no podían creer a dónde las había traído.

—No está tan mal, ¿no? —dije, intentando quitar hierro al asunto.

Dejamos las maletas en la habitación (por suerte tenían candado) y bajamos a tomar una cerveza al bar más cercano. Me costó bastante convencerlas de que, a pesar de ser una habitación compartida, el lugar estaba en una localización privilegiada, cerca de todo y, al fin y al cabo, solo iban a ser dos días. Mi hermana argumentó que ella ya había pasado su época de hostales, que ya no quería compartir habitaciones con seis personas y menos aún el baño, y mi prima estaba convencida de que si dormíamos ahí acabaríamos con piojos. Tras una larga conversación decidimos que era tarde para buscar otra cosa, así que esa noche dormiríamos ahí y a la mañana siguiente buscaríamos un hotel para la última noche.

Teníamos recomendaciones de algunas personas sobre los mejores locales para salir por Berlín y estábamos preparadas para arrasar la noche. La primera parada fue una casa okupa cerca del río. Ante nosotras se alzaba un mastodonte de cinco pisos con una pinta absolutamente decadente. La gente entraba y salía sin control y las paredes estaban inundadas de grafitis. Subimos las escaleras hasta el primer piso, unas alargadas guirnaldas de neón marcaban el camino hasta la barra más cercana. La música electrónica inundaba el lugar. Mi prima pidió tres cervezas y yo subí la apuesta con unos chupitos de tequila. Mi hermana quiso rechazar el suyo y mi prima lo cambió por un jagger boom.

Comenzamos a recorrer el lugar. Los pies se nos pegaban ligeramente al suelo debido a la mezcla de alcoholes derramados. Cada piso que subíamos era como un mundo nuevo, cada vez más loco que el anterior. En el tercer piso había una especie de puente que conectaba con el otro lado del edificio y era donde se congregaban todos los fumadores. Yo estaba maravillada con la mezcla de gente que había allí: crestas de colores, tatuajes, camisas, anillos y collares; toda la fauna urbana se concentraba en ese bastión languideciente. En nuestra vuelta de reconocimiento, pasamos junto a una mujer que vendía abalorios hechos por ella misma y, cinco pasos más adelante, nos cruzamos con dos personas pinchándose en el brazo. Aquel lugar era pura anarquía y nosotras formábamos parte de ella.

La noche fue evolucionando y el número de cervezas fue en aumento. Nos pusimos a bailar en mitad de la pista del tercer piso. Nos sentíamos libres: no conocíamos a nadie y nadie nos conocía. En uno de nuestros viajes a la barra, mientras seguía a mi prima, un chico me agarró del brazo. Yo tenía un objetivo claro, así que me deshice de su mano y seguí avanzando. Pasado un rato sentí una necesidad imperiosa de ir al baño, así que me abrí paso entre un grupo de heavies y me encaminé hacia allí. Al salir me encontré con el mismo chico que me había agarrado del brazo antes. Me dijo algo, pero como la música estaba muy alta no le entendí. Él señaló hacia la terraza e hizo un gesto con el cigarrillo, como invitándome a fumar. Yo no era fumadora habitual, pero, ¿por qué no? Nos colocamos en una de las esquinas del puentecillo, que estaba situado justo encima de la entrada. A uno de los lados se veía la ciudad y, al otro, se alcanzaba a ver el río. Él me tendió un cigarrillo que yo acepté sin reparo.

—Thank you! —le dije.

Me contestó con un gesto de cabeza.

—So, what do you do here?

Se encendió el cigarrillo y me acercó el mechero para que yo hiciera lo mismo con el mío, y después dijo:

—Eu não falo inglês.

—¿Español? —pregunté yo.

Negó con la cabeza. Esto iba a ser interesante. No sé si fue por el alcohol o por lo concentrada que estaba en conseguir entenderle, pero el tiempo se pasó volando. Yo le hablaba en español y él me contestaba en portugués. Me contó que había venido hacía unos años y que ahora trabajaba en el aeropuerto, que tenía a un grupo enorme a su cargo y que todo el dinero que ganaba lo mandaba a Brasil. También me contó que en el pasado había tenido un problema con las drogas; incluso me enseñó su carné de identidad para que viera la foto y lo mucho que había cambiado. Cuando vi la cara de yonki que tenía en el carné empecé a replantearme qué tan buena idea era estar allí con él, pero la noche iba de aventuras y yo me lo estaba pasando bien.

Hicimos tan buenas migas que en un momento dado me invitó a Brasil. Me dijo que como trabajaba en el aeropuerto, él podía conseguir vuelos gratis y, una vez en Brasil, se ocuparía de que no me faltase nada. Asentí tentada por la oferta, pero hasta en el estado de ebriedad en el que me encontraba, sabía que esa no era la mejor idea. De repente apareció un chico que parecía conocerle, le estrechó la mano y me saludó con un movimiento de cabeza. Hablaron durante unos minutos y luego se movieron hacia el rincón más apartado del puente. Mi nuevo amigo me hizo un gesto para que los acompañara. Supongo que yo estaba fluyendo con el momento o alguna estupidez así, porque no pensé nada raro. Hablaban animadamente mientras se fumaban un cigarro. Entonces, mi amigo se metió la mano en el bolsillo y sacó algo que le enseñó al otro chico. Este asintió. Desde donde estaba no podía ver bien qué era. Mi amigo se giró y me dijo algo en portugués que no entendí. Al ver mi cara de desconcierto, sonrió y me dijo:

—Help?

Yo, ingenua como siempre, asentí y de un momento a otro me vi sujetando una bolsa de marihuana en mitad de una terraza en Berlín, mientras ellos hacían negocios.

—Te he estado buscando por todas partes… ¿dónde estabas? —dijo mi prima, agarrándome por el hombro—. Marta está borrachísima y no para de decir que va a robar una de las bicis de la puerta. Me parto con ella.

Entonces reparó en la situación en la que me encontraba.

—Neni, pero, ¿qué haces? ¿Qué es eso?

—Marihuana, de mi nuevo amigo. Si quieres le pido un poco. Antes me ha ofrecido un viaje a Brasil, así que no creo que me niegue un porrito.

Mi amigo se había percatado de la presencia de mi prima y nos sonreía alegremente mientras terminaba su negocio.

—Vale, mejor vamos a buscar a Marta antes de que robe esa bici de verdad —dijo mi prima, tomándome del brazo.

Yo le devolví la bolsa, dispuesta a marcharme; él me agarro de la cintura y me dio un beso que debió durar unos tres segundos, porque mi prima me agarraba de la mano y tiraba en la dirección opuesta.

—Tía, que es camello —me dijo, mientras nos alejábamos.

Encontramos a mi hermana haciendo el limbo con unos alemanes; una imagen extremadamente bizarra si pensamos que lo que sonaba era música electrónica. La tomamos a ella también de la mano y nos fuimos en busca de algo para comer para asentar todo ese alcohol que ahora nos hacía tener que cerrar un ojo para enfilar bien la escalera.

Al día siguiente, con una resaca impresionante, nos pusimos a rememorar la noche mientras explorábamos las calles de Berlín. Entre mi prima y yo tuvimos que reconstruir varias horas de la de mi hermana, incluso añadimos alguna foto en la que aparecía subida a una bici con un hipster barbudo al lado. Mientras caminábamos por el muro, posando delante del beso de Honecker y Breznev, andando hasta el Checkpoint Charlie, hablando de todo y de nada y riéndonos las unas de las otras como hacíamos siempre, pensé en mi abuelo, en su muerte y en cómo Segovia jamás sería la misma. Pensé en las pérdidas y las partidas, en los cambios que suponen y, entonces, en aquella ciudad insomne, rodeada de historia, de vidas que fueron y vidas que serían, me di cuenta de que ese era mi legado: los momentos que quedarían cuando todo lo material se acabase.

NURIA GONZÁLEZ RÁBADE

La fiesta del sacrificio

Al verte marchar pienso, ingenua, que volverás.
Me envuelvo en una manta y espero.
El calor da paso al naranja y éste a su vez al gris.

Fadi

Fadi ha avistado al amigo con el que juega en el parque y lo saluda a gritos desde la acera opuesta, en la calle Gillespie. Este le responde de la misma forma e intenta desprenderse de la mano de su madre. Ambas madres, simples conocidas, se sonríen cortésmente, pero siguen andando. Ninguna de las dos mujeres quiere cruzar la calle para que él y su amigo tengan oportunidad de reunirse. Fadi le promete a su madre que, si cruzan la calle, no olvidará darle la mano, que no se irá corriendo con su amigo, que no subirá las bardas de las casas para demostrar su equilibrio. Al mismo tiempo, puede escuchar a lo lejos las palabras de su amigo, quien también intenta convencer a su propia madre de cruzar. Alcanza a oír algunas de sus promesas: no se alejará, esperará en las esquinas, no se esconderá detrás de los árboles. Le alegra saber que ambos están luchando en el mismo bando. Pero todo es inútil. Sus madres ignoran sus súplicas y niegan con la cabeza. La madre de Fadi le dice que falta poco para llegar a la estación, que no se distraiga, que no insista. Y es que Fadi sabe que a su madre, con su poco inglés, no le quedaría de otra más que imitar esas frases cortas y ensayadas de los ingleses que tanto le desagradan. Quizás el pensar en la incomodidad del trayecto pueda más que su insistencia.

Fadi y su madre siguen caminando a paso firme; él, sin perder de vista a su amigo y ella, con la mirada puesta en su pequeña cabeza. Fadi siente cómo juguetea distraídamente con su cabello encrespado. La tregua llega un par de cuadras después. Fadi y su madre cruzan la calle para entrar en la estación de metro Arsenal y se encuentran inevitablemente con la otra pareja madre-hijo. Los niños se abrazan y saltan eufóricos. Las madres se saludan con educación y los miran absortas, evitando así establecer cualquier conversación. La gente les rodea para poder entrar a la estación y las obliga a desplazarse hacia una esquina de la entrada. Los niños se mueven hacia la esquina opuesta, llevados por la multitud. Ambas madres comienzan a vociferar dando órdenes, en inglés y en árabe, para que los niños regresen a su lado. Fadi trata de hacerlo, de la mano de su amigo, pero resulta casi imposible. Las mujeres deciden, entonces, abrirse camino entre el gentío para reunirse con ellos. La distancia es la de unos cinco pasos, pero la cantidad de gente les impide moverse. Por un brevísimo momento pierden de vista a los niños e intercambian miradas de alarma. Poco después sienten las manos de sus hijos abrazándoles las piernas. Sonríen; les regañan. El amigo de Fadi le pregunta si va a tomar el metro. Fadi responde que sí y le invita a ir con él. Le cuenta que habrá una fiesta en casa de unos amigos de su padre y que le gustaría que lo acompañase. Mientras pronuncia estas palabras, Fadi percibe cómo su madre le aprieta la mano con fuerza y le separa de su amigo, balbuceando una despedida precipitada. La madre de su amigo hace lo mismo y lo empuja hacia la salida del metro. Otro día, prometen ambas. Con el jaleo, el amigo de Fadi deja caer un juguete que traía en la mano. Se trata de un superhéroe, de un Superman miniatura. Fadi lo recoge y trata de regresárselo, pero se da cuenta de que ya están muy lejos y de que, sin darse cuenta, él ya ha pasado las puertas de seguridad. Lo guarda con cuidado en su bolsillo. Mientras descienden el largo túnel que llega hasta la plataforma, Fadi siente la presión de los dedos de su madre como si fuesen pequeñas palancas de un engranaje que busca constreñir todo cuanto guarda en su interior.

Al sentarse en el vagón del metro, Fadi piensa en las historias que habrá de contarle a su amigo cuando vuelvan a encontrarse en el parque. Nunca le ha dicho que su nombre, Fadi, quiere decir "salvador" y que, justamente por eso, siempre le han gustado los superhéroes. Le contará las anécdotas que su madre le ha relatado desde pequeño, referentes al buen augurio de su nombre. Le hablará de todas las veces en que él, a pesar de su corta edad, la ha protegido y librado de un sinfín de peligros y aprietos. Gracias a él, le ha repetido su madre, pudieron llegar hasta Londres y huir de la guerra en su país. Él era apenas un bebé, pero su existencia había significado un pase casi directo a los campos de refugiados y, después, a las casas de acogida en países como este. El poco inglés que sus padres sabían lo habían aprendido de él, quien asimiló el idioma sin dificultad en el colegio. Su naturaleza abierta y desenvuelta, además, les había permitido granjear algunos de los trámites más complicados en su proceso de amparo. Fadi, le decía constantemente su madre, tú nos has salvado. Y es que los últimos años en Siria, le contaban sus padres, habían sido un verdadero infierno. No solo habían perdido su casa y su barrio, que se iba cayendo a pedazos, sino sus empleos, sus amigos, sus familias.

Si solo hubiera nacido antes, pensaba Fadi, tal vez hubiera podido salvarlos a todos.

La madre de Fadi también le había hablado mucho sobre el hambre. Fadi no la recuerda, era solo un bebé cuando huyeron, pero ha visto una foto en donde sus costillas parecen querer atravesar la ligera manta que lo cubre mientras que los huesos de las manos de su madre, quien lo lleva en brazos, parecen clavarse en su costado. Esto no se lo contará a su amigo, decide, no quiere que le tenga lástima y que le ofrezca los roles de salchicha que a veces le lleva su madre al parque y que él tiene absolutamente prohibidos. Además, no lo entendería. ¿Cómo imaginarse algo que jamás se ha sentido? Haciendo malabares con el Superman de su amigo, Fadi recuerda la historia que su madre le compartió una noche, como en secreto: antes de que Fadi naciera, su padre solía robar víveres de las casas abandonadas y semiderruidas, sobre todo cuando ella estaba embarazada. Pocos eran los que se aventuraban en esa tierra de nadie, le decía; tenían miedo de que los escombros se les vinieran encima, miedo de que hubiera francotiradores escondidos, prestos a disparar, miedo de encontrarse con algún cadáver o, peor aún, con algún sobreviviente a punto de morir. Su padre no era uno de ellos. Sabía que para vencer había que tener algo más que agallas; se necesitaba un toque de frialdad. Un día, le contó su madre, poco antes de que partieran definitivamente de Alepo, su padre se encontró con una vieja agazapada dentro de la alacena de su cocina, el único cuarto que seguía en pie entre las ruinas de lo que en otros tiempos habría sido una casona. Incapaz de moverse y mucho menos de comer, más cerca de la luz que de las sombras, la vieja le pidió que se llevara todo lo que quedaba en las repisas a cambio de ayudarle a dar el paso final. Su padre había aceptado y se había llevado la comida, suficiente para casi todo el trayecto al campo de refugiados. Fadi le había preguntado qué quería decir eso del paso final, pero su madre le había respondido con una caricia envuelta en silencio.

Mishaal

Mishaal camina hacia la estación de metro Arsenal. Compra un par de kebabs en el camino para llevarlos al departamento de su consejero, quien le dio acogida cuando buscaba refugiarse de la guerra en Siria y cuya amistad valora más que nada en esta ciudad húmeda y extraña. Huir de la barbarie no hubiera sido posible sin él, un hombre dedicado a cumplir las promesas vacías de Occidente. Cuando Mishaal leyó sobre los decretos en los que el gobierno británico se comprometía a recibir sirios de campos de refugiados en Líbano, Turquía, Irak, Egipto y Jordania, supo que no era más que pura propaganda política, propuestas hechas a la fuerza por presión internacional. Pero aún así lo intentó; les escribió a todas las agencias que decían recibir refugiados. Una sola persona le contestó. Ahora vivía en una casa de acogida gracias a él; inclusive le regaló un cobertor para que no pasara frío por las noches. Camina tranquilo, sintiendo cada grieta de la banqueta a través de sus zapatos desgastados, dejando que el resto apresure su paso, cavilando sobre el significado de su nombre: "antorcha". Espera darle sentido a su nombre pronto; convertirse en luz durante la hora más oscura de su pueblo, alumbrando a quienes busquen emigrar, como lo ha hecho él. Y es por eso que viaja cada tarde de la estación Arsenal a la de King´s Cross, buscando la ilustración de su consejero.

Al llegar a la plataforma, se desplaza hasta encontrar un pequeño espacio cerca de las vías. Cuando llega el tren, una fuerza le empuja hacia el interior antes de que salga una nube de pasajeros. Incómodo, voltea para encarar esa fuerza y se encuentra con un joven, un adolescente con cara de niño, que murmura rezos en árabe para sí mismo. No le dice nada. Sus ojos claros enmarcados con larguísimas pestañas oscuras logran encontrar un asiento y, cuando están por cerrarse las puertas, se da cuenta de que ese mismo joven se ha sentado justo frente a él. Junto al joven, a su derecha, se ha sentado una mujer que abre un periódico, que ha encontrado sobre el asiento, con algo de brusquedad. Mishaal observa cómo su hijab se desliza un poco con el movimiento, evidenciando la oscuridad de su cabello. Su hijo, un niño de rizos cafés ensortijados, casi salvajes, se sienta a su lado y juega con un pequeño superhéroe de plástico. En la portada del periódico que sostiene la mujer aparece el cuerpo de un niño pequeño, de unos tres o cuatro años, vestido con unos shorts azul marino, una playera roja y unos zapatos cafés, acostado boca abajo en una playa. Mishaal observa la imagen impresa y, aunque sabe que el niño está muerto, no puede evitar transportarse a sus primeras vacaciones en el mar, cuando él y sus primos pretendían estar muertos a turnos para que los demás los enterrasen con arena. El recuerdo no dura más de cinco segundos, tiempo suficiente para saltar a una segunda memoria, la de su madre asustada gritándole que regrese a la orilla. Después del susto, su madre le susurró que había dos tipos de olas, las que matan y las que dejan vivir… había que agradecerle a Alá. La mente de Mishaal vuelve al vagón del metro cuando siente las pequeñas manos de un niño hurgando entre sus pies. Sus ojos se posan sobre los rizos que había visto antes, moviéndose con furia debajo de él. Al ver que no hay nada ahí, el niño se voltea y continúa su búsqueda. En su ensimismamiento, el joven de los rezos no se da cuenta de que el niño ha encontrado a su superhéroe a unos centímetros de sus zapatos. El niño lo recoge y se levanta triunfante, mirándolo orgulloso, hasta que su madre le jala para que se vuelva a sentar.

Cuando los forenses llegan, reina un silencio inesperado. Ya no hay gritos ni súplicas de ayuda. Se han llevado a los últimos heridos y solo quedan los restos de la tragedia, el material, que ellos han de analizar. La policía acordona el área con un mutismo inusual, como si sus palabras pudieran resultar ofensivas ante tanta tristeza. A primera vista les resulta increíble que uno de los vagones no haya estallado, el último. Lo que tuvieron que haber visto esas personas al salir de allí tuvo que ser aún peor que lo que ellos observan ahora, piensa uno de los forenses. Fierros, pedazos de asientos, pertenencias múltiples carentes de sentido, cuerpos, lo que queda de ellos y cientos de objetos difíciles de identificar. Su formación en criminalística no les ha preparado lo suficiente para esto. Todavía hay bastante humo, ocultando secciones enteras. Caminan despacio sin saber realmente por dónde empezar.

En los segundos antes de su muerte, Mishaal lo ve todo tan claro que esboza una sonrisa pasajera. Fue uno de los suyos, piensa, aquel que se sentó enfrente, colocando una mochila entre sus piernas. Recuerda haber visto cómo se asomaba una bandera negra doblada con cuidado dentro de su chaqueta. Al sentir la explosión, comprendió que ese chico no había tenido la misma suerte que él. El mar no le había salvado. Carecía de luz. El gas, el polvo, los miembros desperdigados, la sangre, el olor a fierro quemado y a quién sabe qué más, eran tan irreales como ese pie que se había desprendido de su cuerpo y ahora yacía debajo del asiento del niño que ya no estaba ahí. Su mente incrédula no logra calcular cuántos cuerpos hay a su alrededor. Piensa en el viento helado colándose por el pasillo tan largo que lo condujo hasta las entrañas de la ciudad. ¡Cómo le gustaría sentirlo de nuevo! El calor es asfixiante. La piel desnuda, negruzca, le duele menos de lo que hubiera esperado. Siente el cabello enmarañado pegado a retazos sucios de algo que no logra distinguir. En los gritos que parecen provenir de un lugar muy lejano, confundidos con un zumbido alto y agudo, escucha cómo la esperanza se disuelve buscando una fuerza que se ha agotado. Imagina que la lluvia, esa de hace solo unas horas, llega hasta el túnel cubierto, vuelta río, y a su paso lava el hollín, inunda las vías y sumerge el dolor. Y vuelve el silencio. La cabeza de Mishaal se ha quedado muda; su mirada húmeda despliega ausencia. No hay condena.

Hamal

Hamal inicia su trayecto hasta la estación de metro Arsenal, en el norte de Londres, cargando una mochila que pesa más de lo que aparenta. Se ha rasurado la barba esa mañana y siente frío en las mejillas, todavía algo rojizas. De cuando en cuando voltea instintivamente la cabeza hacia La Meca. No sabe si es irónico o simbólico que, justamente ese día, a setenta días del fin del Ramadán, fecha en que se celebra la Fiesta del Cordero, él camine a su muerte. Tampoco sabe si su nombre, que significa "cordero", le fue asignado por designios del destino o por simple casualidad. Visualiza con detenimiento una imagen obtenida desde el granero de su memoria: hace apenas dos años, en fechas similares, su padre sacrificaba un cordero en las calles derruidas de su barrio sirio, Qadi Askar. Lo detuvo entre sus manos con el hocico orientado hacia la ciudad de Mahoma, esperando a que llegasen los últimos vecinos, los pocos que habían podido desplazarse hasta allí después del último bombardeo. Lo mató asegurándose de que expulsara toda la sangre, sin casi sentir dolor, proeza nada sencilla. Su carne se convirtió en alimento de esa tribu que progresivamente dejaba de ser siria, la estrella poderosa, para convertirse en nada, en polvo estelar. Recuerda que su tío, quien había perdido hacía poco a uno de sus hijos, estaba allí, durante la celebración, y le decía al oído que no se puede decidir quién vive y quién muere, que eso está en manos de Alá. Hamal comprendió desde ese momento que eso no tenía por qué ser así, que sí podía haber elección.

En Londres pudo conocer al clérigo que siguió durante tantos años en Siria por internet. Sus discursos promoviendo la oposición armada al presidente Assad y la construcción de un mundo nuevo donde ondeara la bandera negra del Estado Islámico proclamando la gloria de la yihad, le atraparon. Desde que llegó a esa ciudad perennemente lluviosa, pasó la mayor parte del tiempo en la mezquita de Finsbury Park, recibiendo adoctrinamiento y aprendiendo cómo funcionaba la agrupación y de qué manera podría él participar en la solución final. En la mezquita se discutían las masacres perpetradas por el gobierno de Bashar al-Assad, la aniquilación de su pueblo, los ataques a ciudades enteras, y la desaparición sistemática de barrios llenos de familias, como el suyo. Hamal compartía sus razones para unirse a los rebeldes y avivaba el odio comunal. Y es que, a su parecer, no había elección más sencilla: ¿cómo no ponerse del lado de los padres que mueren frente a sus propias familias, alcanzados irremediablemente por alguna granada?, ¿cómo no ponerse del lado de las madres que deben cargar a sus niños mutilados para llegar a una escuela improvisada en medio de los escombros?, ¿cómo no ponerse del lado de los niños a quienes se les ha olvidado cómo reír? El imán les profería que la población civil occidental era cómplice de todo aquello por apoyar el corrupto sistema democrático y a sus gobiernos. El único lenguaje que entiende el Occidente, les decía, es el de la violencia. Hamal sabía que tampoco se trataba únicamente de luchar contra el régimen represivo de Assad, sino de mostrarle al mundo la auténtica identidad siria y la verdadera fe, retornando a la esencia del islam. Y es que toda la congregación creía en lo más profundo de su ser que la yihad era una obligación colectiva de cualquier musulmán y que, para terminar con la corrupción de las élites, se debía regresar a la pureza de la tradición. Para él, como para la comunidad yihadista en donde encontró una camaradería sin precedentes, ni el comunismo, ni el capitalismo, ni la democracia liberal eran la solución; se necesitaba una ideología renovada, un sistema islámico donde ya no hubiera colonialismo ni ignorancia; una era en la que el Corán fuese la guía única, sin más.

Hamal ha dormido pensando en su hermano infinidad de veces. Por las noches, envuelto en una frazada tejida por su madre, una de las pocas pertenencias que empacó antes de huir, se pregunta cómo estará Ahmad, si logró llegar al campo de refugiados en Líbano, junto con sus padres, si le extraña tanto como él. Escribe, a falta de tenerle junto a él, todas las cosas que quisiera compartir, lo que ha aprendido desde su llegada a la capital de la Isla, las enseñanzas de su imán. Querría decirle que lo entiende, que no lo culpa por haber huido, que con diez años no se puede combatir allí, en Siria, y que él mismo no quiso hacerlo por mucho tiempo. Que la solución a veces se encuentra afuera. Desde que vivían allí, entendió que para ganar esa guerra debían despertar al mundo entero. No sabe si algún día la gran Siria renacerá de los despojos ni tampoco si volverán a tomar la mezquita de al-Aqsa y al-Quds, en Jerusalén, pero está convencido de que morir es la única manera de acercarse, al menos un poco. Se imagina arriba, en el reino, viendo cómo Jesús desciende en la Gran Mezquita de Damasco y combate a los falsos mesías en el final de los tiempos. Quiere estar ahí, junto con sus compañeros muertos, inmolados, cuando llegue el juicio de Dios.

Casi al llegar a su destino, con gente rebasándolo por ambos lados de la acera en su ansiedad por meterse al metro rápidamente y regresar a sus casas, piensa en su guía, en su profeta, y se siente honrado por haber sido elegido para reemplazar a su pueblo entero en el sacrificio que Alá les ha impuesto. Sonríe reflexionando que es como el Dhabih, cuando Dios ordena a Ibrahim que ofrezca en sacrificio a su propio hijo, Ishaq, y justo antes de que este lo inmole, decide perdonarle la vida sustituyéndolo por un cordero. Sumisión y clemencia. ¿Habrá alguna para él?, se pregunta. Su sacrificio más que valdrá la pena, piensa, si con él viene el reencuentro con El Eterno y con todos los que han muerto en su nombre. Hamal espera que su hermano, Ahmad, le recuerde como un representante en la tierra del poderío musulmán, más que como a un simple mártir de la causa revolucionaria.

Ahmad

Ahmad no mira a la cámara sino más allá de ella. Quizás busca el rostro escondido del camarógrafo o intenta descifrar cómo funciona aquella máquina grande y negra que registra todo cuanto él dice. Quien le hace las preguntas, una mujer de la edad de su madre, calcula, se encuentra parada al lado del señor que toma el video. La reportera, vestida con demasiadas prendas para el calor de mediodía, le mira con una mezcla de compasión y desinterés. ¿Realmente importa lo que conteste?, se pregunta, mirando de reojo a los muchos niños que se han reunido ahí, frente a una pared azul con dibujos de hojas grandes, otoñales, intentando explicar cómo han llegado ahí y qué significa ser un refugiado. Sabe que, como su historia, hay miles de otras esperando ser grabadas, registradas, olvidadas. Su padre le ha dicho que lo haga, que es importante que el mundo sepa lo que se ha perdido. Él lo entiende mejor que nadie, pero no intuye cómo esta mujer que ve por primera vez y el hombre detrás de la cámara a quien ni siquiera logra ver, podrían ayudar en algo. Han repartido golosinas entre los niños mientras formaban la fila para ser entrevistados; algo es algo, se dice. Mete las manos en su chaqueta marrón, demasiado pequeña para él y comienza a responder, sin mucha reserva, las preguntas que le hace aquella mujer.

Ahmad extraña a sus abuelos y a sus primos. En Siria los visitaba seguido y ahora, en Líbano, casi no conoce a nadie. Antes, salir de casa y caminar por las calles aledañas significaba encontrarse a conocidos a cada paso. A sus diez años, se le permitía salir a jugar por las calles sin mayor supervisión. Ahora raramente sale. En los caminos alrededor de su nueva vivienda, internada en un barrio mezclado de libaneses y sirios, solo se tropieza con caras desconocidas, ojos que le miran como a un mendigo. Su tez apiñonada miente. Le falta jugar bajo el sol. Y no es que extrañe los bombardeos, los gases, el polvo y el miedo. Pero su nueva certidumbre carece de dicha. Sabe que no es bienvenido. El temor a la muerte ha sido sustituido por el ahogo de una vida vacía. Ni amigos, ni primos, ni abuelos, ni todo aquello que se ha convertido en ruinas, allá, en la tierra a la que sabe no volverá.

Su nombre, que significa "alguien que agradece constantemente a Alá", le ha jugado una mala pasada, piensa a menudo Ahmad. Si bien es cierto que agradece el haber podido salir, atravesar el desierto bajo condiciones de calor y frío extremos, no le gusta que tuvo que hacerlo prácticamente solo. Recuerda que, mientras se desplazaban hacia el paso fronterizo de Jouseeh, un avión había disparado. Agradece, dentro de su rabia y tristeza, que las descargas no le hubieran alcanzado a él ni a sus padres. Pero sus palabras temblorosas buscan a quién culpar por las explosiones que dejaron a tantos atrás. Una parte de la huida la hicieron en un destartalado coche, manejado por su tío, sentados en el piso de atrás, agachando la cabeza para ocultarse. Cuando se descompuso, lo dejaron sin más y siguieron andando, agachando la cabeza para no dejar entrar la arena y protegerse del viento. Días más tarde, los recogió un autobús lleno de desamparados como ellos, retrasado en su trayecto a Líbano debido a la nieve. Pasó tanto frío que su piel se quebró y aún ahora no ha logrado sanar por completo. En su nueva vivienda, toda la familia tiene una sola manta para cubrirse y a veces no alcanza. Entre risas le cuenta a la reportera cómo hace unos días se quemó una esquina de la manta por haberla puesto tan cerca de la estufa.

Ahmad recuerda cuando la guerra estalló frente a sus ojos, la verdadera, no la que solía jugar con sus soldaditos verde olivo de plástico y sus tanques miniatura. Los mismos ojos oscuros, profundos, brillan al acordarse de cuando compartía las calles con sus amigos, niños que ya no sabe dónde están o si los volverá a ver algún día. En Siria había muchos grupos armados y francotiradores, así que no siempre podía salir de casa. Entonces, jugaba con sus vecinos y otros niños de los barrios aledaños dentro de las ruinas, protegidos entre concreto arrasado y piedras amontonadas. En cuanto terminaban las explosiones, se aventuraban a la calle. Cuando la nostalgia les gana a sus improvisados juegos en solitario, piensa en todas las veces, en Siria, en las que pudo haberse convertido en un cordero de sacrificio. Su madre le dice que deben estar agradecidos, que han podido huir y que no están muertos. Él no lo tiene tan claro.

Al final de la entrevista sonríe. Se trata de una sonrisa practicada, vacía, de esas que imagina usan los actores para indicar que ha terminado su escena. Piensa en su hermano, Hamal. Mi hermano no quiso venirse con nosotros, le dice a la reportera de repente, sin que ella le preguntase nada. Él decidió irse con sus amigos hasta Londres, continúa. No sé si habrá llegado, si está vivo o muerto. Mis padres no hablan de él, como si no hubiese existido, pero yo lo extraño mucho. Lo extraño más que a mis primos y amigos, aún más que a mis abuelos, finaliza. Se detiene y baja la mirada. Sin decir una palabra más, repasa las noches en que se decían cosas, en que jugaban a que él era un vasallo y su hermano el rey, en que Hamal le explicaba cómo se iba a resolver todo. Mientras la reportera habla con el camarógrafo dándole quién sabe qué instrucciones, Ahmad recita en silencio la parte del Corán que habla de la peregrinación a la casa sagrada y el pago que se puede hacer en caso de no completarla: sacrificar un animal en ofrenda, ya sea un camello, una vaca, una cabra o un cordero. A veces se siente como un cordero, con su pelo crespo corto y su destreza al moverse por las montañas, y echa en falta a su rebaño. Como buen rumiante, les da vueltas y vueltas a los recuerdos.

NATALY RÍOS GOICOECHEA

La sal que somos

Provengo de un barco

Provengo de un barco

uno de muchos
que tocaron costas con una promesa
que embriagaron de humedad y dolor
y esperanza a los viajeros

Vengo de un barco que soñaba con el día
en que el mar no se extendiera hasta el infinito y tocara la tierra

Nunca pude saber su nombre
quiénes eran las almas entre su madera
cómo comían soñaban lloraban
junto a la sal y la zozobra

Pero provengo de un barco

provengo del mar
y de una costa borrosa en la memoria

Dicen que uno se acostumbra a los olores. Luego de un tiempo, el cuerpo los deja de sentir. Juan miró el techo de su camarote, que veía cada día durante horas, y sintió el olor a sal. Desde que abría los ojos hasta que lograba dormirse, lo único que olía era sal. Estaba rodeado de agua salada, empapado en su humedad, y pareciese como si a la sal no le bastase y quisiera meterse por su nariz, hasta el estómago. Se sentó en el borde de la cama y tomó su diario. La tapa estaba maltratada y las páginas desgastadas, pero había logrado sobrevivirle a la guerra.

Vivo un poco en los jirones
que dentro de mí son huecos

Escribió la frase que amaneció repitiendo en su cabeza. Se vistió con la misma ropa del día anterior, se puso el sombrero y salió a cubierta. Dirigió la cara hacia el sol para despertarse. Se quedó viendo el círculo incandescente sin temor a quedar ciego: ya no tenía miedo. Estaba en un navío incierto, sin saber cuándo llegaría a una tierra incierta, para dejar atrás la vida. No sabía nada del trópico, de la luz del Ecuador, de sus colores y sus frutas, de su gente. No sabía si esa tierra lo amaría como lo amó Bilbao alguna vez. El cielo estaba despejado y una nube fingía ser una estela de avión. Cerró los ojos y se imaginó pilotando. Lo único bueno que le había traído la guerra era su entrenamiento como piloto en Bayona. Volar era tener y perder el control; dejarse atrás para retomarse luego.

—Goiko, ¿cómo dormiste? —Pedro se le acercó con un café y un trozo de pan para ofrecerle. Los compañeros del batallón lo empezaron a llamar Goiko para distinguirlo de otro Juan. Era el diminutivo de su apellido. Siempre le había gustado que le llamasen así.

—Menú especial —respondió Juan con una sonrisa. Pedro lo miraba como miran los hermanos mayores—. Dormí bien —dijo, mientras mordía un bocado de pan—. ¿Tú?

—Bien, ya sabes. ¿Sigues mal de la nariz?

—Sí —respondió casi riendo. Hasta los sueños me huelen a sal, pero imagino que el olor se quedará en este barco.

—No lo sé yo. Me han dicho que América huele a sal.

Rieron brevemente. Juan tomó un sorbo de café y miró el agua extenderse en la llanura del océano.

—¿Cómo será?

—¿El qué?

—Nuestra vida allá.

—Buena. Será vida.

Juan sintió alivio y una alegría triste, espesa. Pedro le dio una palmada en el hombro y caminó curioso hacia un grupo de hombres que hacían fotos y reían. Posaban hacia la cámara como si quisieran recordar ese momento con una mentira. Las imágenes mostrarían solo un instante de esas caras, sonrientes ante la pérdida, la adversidad. Quienes contemplaran esas fotos solo verían hombres felices bromeando bajo el sol. Juan pensó que, pasados los años, él también las vería de esa forma; quizás las imágenes tendrían el poder de borrar todo lo real y hacerle recordar únicamente la aventura.

Le reconfortaba y angustiaba lo volátil de la memoria. Sabía que ciertos recuerdos cobraban o perdían importancia según la suerte y la desdicha. Si tuviera la certeza de que no volvería a ver la cara de su madre, dibujaría retratos de ella hasta memorizarla.

Había tenido varios planes para su porvenir: crear una empresa de alimentos, construir una escuela de arte, escribir libros, ser embajador del tango. Pensaba que el tango era la manera más justa de contar una historia: corta, poética, fulminante. Su familia no tenía dinero, pero él había sido bendecido con una mente excepcional que le consiguió una beca universitaria. La guerra civil estalló semanas antes del comienzo de clases, cuando él tenía diecisiete años. Las clases, y todo lo que no fuese guerra y supervivencia, había sido postergado indefinidamente. Ese fue el día en que la incertidumbre comenzó a perseguirlo. Se alistó en el ejército y su vida cambió para siempre.

Juan desvió la mirada del grupo de hombres y la ancló en el horizonte. Sacó la lengua para tocar la sal que lo mareaba. La saboreó. Se llevó el último trozo de pan a la boca y lo masticó lentamente. En el barco pasaban hambre, pero no realmente. "Verdadera hambre es la que te convierte en asesino", pensó.

Durante la guerra civil, él y Pedro formaron parte del batallón vasco Padura. Allí se conocieron y crearon una amistad entrañable. Juan pensaba que todo lo que pasaba en la guerra era radical: pierdes tanto que necesitas aferrarte de forma extrema a lo que tienes cerca. El batallón era su familia; Pedro era su hermano. El tiempo durante la guerra era tan relativo que los días contenían meses y las relaciones personales cambiaban en segundos.

El batallón pasó varios meses en las trincheras de Gorbea. Allí tuvieron un burro al que llamaron Irrika. Irrika los acompañaba y transportaba las cartas para sus familiares. Durante ese tiempo, Juan aprendió el verdadero valor de la escritura. Juntar palabras, recordar, despedirse. Redactar cartas era plasmar su testimonio, repetir su nombre con cada firma, recordar la dirección de su hogar en cada sobre. Escribir era no olvidar su existencia.

También aprendió que el hambre destruye la humanidad. En Gorbea pasaron mucho tiempo en aislamiento, con la piel congelada, la boca seca y el estómago completamente vacío. Dormían todos juntos, con Irrika, para calentarse un poco y sobrevivir a la noche. Un día, cuando

Irrika regresó, Juan sintió cómo se le escapaba la humanidad de las manos. Llevaban días sin ingerir nada sólido y desconocían cuánto tiempo más pasarían así. Su cuerpo hambriento sabía que había solo una opción. Tendrían que comerse a Irrika.

Esa noche comieron en silencio. No volvieron a enviar cartas.

Juan respiró, cerró los ojos y trató de alejar su mente de la guerra. Montó los pies en el borde inferior de la barandilla del barco y usó ambas manos para sujetarse. Sintió cómo una astilla se le incrustaba en la mano izquierda y, sin soltarse, bajó la mirada para verse. Observó los dedos largos, descuidados por alta mar, y se preguntó cuándo pintaría su próximo cuadro. Desde pequeño pintaba en su tiempo libre. Como no tenía dinero para comprar pinturas, cualquier material que coloreara el lienzo le servía. Una vez encontró una taza de café que habían dejado abandonada y se la llevó a casa para pintar en una tela blanca. Dibujó un árbol flotando en el vacío con raíces larguísimas que se entrelazaban sosteniendo un pájaro.

—¿Por qué el árbol no deja volar al gorrión? —le preguntó Amaya cuando vio el cuadro. Juan le respondió que el pájaro no era libre, pero no supo explicar por qué. Amaya fue su primera amiga, su primera crítica y admiradora—. Píntame, Juan —le pedía una y otra vez—, píntame hasta que no me reconozca. Los carboncillos de la cara de Amaya, que pintó a los diez años, fueron los únicos retratos que hizo. Juan siempre pensó que Amaya era un bello nombre para llamar a una hija.

El barco comenzó a moverse con más fuerza y el viento le arañó la cara. Miró las olas que lo llevaban al exilio y sonrió: al final de ese mar salvaje e inmenso, había una tierra que pisar. Quedaban aún muchos cuadros en la punta de sus dedos sin que él lo advirtiese. En sus manos aguardaban el Atlántico, un puente de Bilbao y una marina tropical bañada de crepúsculo que aún no conocía.

Cumpleaños

I

Bajó las escaleras con prisa y notó el silencio. Miró hacia la butaca buscando a su aita, pero no lo consiguió. Sus padres la habían acostumbrado a llamarlos "ama" y "aita", como se decían madre y padre en vasco. Corrió a la cocina y vio a su nana María preparando desayuno.

—¿Dónde está mi ama? —le preguntó, mientras buscaba un banquito para subirse y ver lo que cocinaba.

—Viene en un rato. Te estoy preparando tostadas francesas.

—¿Está en el hospital?

—Listo. Ve a lavarte las manos para que comas —dijo María, sin responder la pregunta.

Últimamente iban al hospital todos los días a visitar a su hermano. Su madre dormía allí la mayoría de las noches. No recordaba la última vez que estuvieron todos juntos fuera de ese hospital. Extrañaba cómo era la casa antes: siempre había ruido y olor a comida, ella jugaba con su hermano, leía con su aita, almorzaba con su ama y la ayudaba a cuidar a Zury, su hermana más pequeña. Le gustaba ver los ojos de esa bebé mirándola con asombro. Se sentía misteriosa.

Terminó de comer las tostadas y acompañó un rato a María, pero se impacientó; no entendía cuándo iba a empezar el día. Decidió salir al jardín a buscar piedras para su colección. Vio el cielo azul y deseó que fuera la hora del atardecer. Amaba los atardeceres. Admiraba la forma en que los colores aparecían de repente y se entremezclaban, como en una pintura. Le recordaba a los cuadros de su padre. Su madre le decía que los atardeceres allí en Chuao eran los más lindos de toda Caracas. Ella le creía. Muchas personas le habían comentado que lucía muy adulta sentándose en un banco a contemplar el ocaso. No entendía por qué pensaban eso; nunca se era demasiado joven para apreciar un atardecer.

Trató de hacer tiempo acostada en la grama buscando las formas que hacían las nubes: una palmera, un pájaro, una estrella. Pero no fue suficiente. La casa continuaba silenciosa. Deseó que Zury fuese más grande para poder jugar con ella; poder esperar juntas. Decidió instalarse en el cuarto de los libros y sumergirse en las historias. Después de varios cuentos, escuchó el sonido de la puerta de la casa. Salió corriendo y atravesó la sala hasta llegar a la entrada. Extendió la mano para abrir la puerta, pero esta se le abalanzó encima tumbándola. Su padre la abrazó y le pidió perdón. Luego le deseó feliz cumpleaños en una voz distraída, rápida. Su ama hizo lo mismo y se fue en seguida a su cuarto.

—¿Dónde estaban? —le preguntó a su aita. Él se tocaba las sienes mientras cerraba los ojos. No la escuchó. Luego se agachó para estar a su altura y le pasó un dedo por la nariz desplegando su mejor sonrisa.

—Cumpleañera, ¿qué te parece si en un rato nos sentamos afuera con unas mantas y esperamos juntos a que llegue el atardecer? Luego cantamos cumpleaños.

Esa propuesta la hizo sonreír. Su padre se levantó y subió las escaleras dejando atrás la sala inmersa en el silencio. Ella esperó unos minutos, vio a su alrededor para corroborar que María no la observaba y subió. Llegó al final de la escalera y escuchó voces desde el cuarto de sus padres. Sabía que no debía acercarse, pero necesitaba saber, entender. Necesitaba ser adulta. Se quitó los zapatos y caminó de puntillas para no hacer ruido. Puso la oreja en la puerta del cuarto y escuchó la voz ahogada de su padre.

—Aún tienes dos hijas vivas que te necesitan —las palabras se perdieron entre un llanto desconsolado.

Alejó la oreja de la madera y un frío le recorrió la columna. Quiso moverse, pero el cuerpo no le respondió.

—¡Vete! —gritó la voz deformada de su madre. Logró mover los pies y corrió lo más rápido que pudo por el pasillo hacia su cuarto. Quería dejar atrás la puerta que la convirtió en una adulta demasiado pronto.

La mesa no estaba decorada, pero había una torta de chocolate con seis velas en el centro. Estaban sus dos primos y su otro aita. Era el mejor amigo, el hermano, de su padre. Se habían casado con dos hermanas y sus hijos se habían criado juntos. Ella siempre sintió que tenía dos padres. Los llamaba "aita" a ambos.

Su tía no estaba. Tampoco su madre. Sus primos gritaban y reían jugando con unas espadas de madera. María mecía a Zury en su coche y le cantaba. La sala era ruidosa por primera vez en el día. Su papá se le acercó y le pidió que extendiera la mano y cerrara los ojos. Ella sintió cómo se deslizaba el metal frío de una pulsera sobre su piel. Abrió los ojos y descubrió una esclava de oro en su muñeca.

—Es un poco grande —le dijo su padre. A ella no le importó—. Mira el reverso —le dijo luego. Como le quedaba tan ancha, pudo ver con facilidad la parte de adentro de la pulsera. Tenía una "A" grabada en el centro. La inicial de su nombre.

Le cantaron cumpleaños y fueron las notas más dolorosas que había escuchado. Sopló las velas, por fin, y el humo hizo que se le aguaran levemente los ojos. A través del humo y las lágrimas distinguió la imagen difusa de su padre. Vio su sonrisa triste y supo que siempre sería el amor de su vida.

II

—¿Existe algo más bello que esto?
—Sí —respondió Aitor, con una seguridad tajante.
—¡Imposible! —ella también estaba segura.

El atardecer ya moría y una estrella se le adelantaba a la noche. Hundió sus pies en la arena y movió los dedos. Sintió cómo los granos de arena se le incrustaban entre las uñas. Amaba todo de la playa, incluso lo incómodo.

Cuando sus padres le dijeron que se irían de vacaciones familiares a España, la idea no le entusiasmó. Ya había estado una vez en Bilbao y le había parecido sombrío, triste. No le ilusionaba volver a visitar la tierra de sus raíces. No entendía cómo sus raíces venían de un lugar sin colores ni atardeceres. Sin embargo, nunca se imaginó que en ese mismo viaje terminaría conociendo la ciudad más bella del mundo, San Sebastián. Tampoco pensó que allí se reencontraría con Aitor.

Recorrió el horizonte con la mirada y estudió el paisaje. A la izquierda tenía la montaña, a la derecha el Cantábrico, y en frente, el infinito. El viento estaba frío y le erizó la piel de los brazos desnudos. Sabía que aún era demasiado joven y le quedaban cientos de lugares por conocer, cientos de cosas por vivir, por amar. También supo que ese momento lo recordaría toda la vida.

—Bueno, vamos —dijo Aitor tomándola de la mano y haciendo un gesto para que se levantara.

—¿A dónde? Si ya es de noche.

—¿Te da miedo la noche?

—Me dan miedo mis padres —dijo, mientras se paraba y arreglaba el vestido.

—Ya veo, cuánto miedo.

—Vamos, pues —lo jaló de la mano, mientras reía.

Caminaron hacia el carro mientras la noche se hacía más pesada. Ella caminó descalza a pesar de que él le advirtió que no era una buena decisión. Pero ella prefería sentir el suelo bajo la piel: su temperatura, su relieve, sus pequeñas piedras. Así disfrutaba más el camino.

Aitor manejó hasta una ruta que llevaba a la montaña. Se internaron entre los árboles dando curvas y ascendiendo. El suyo era el único carro, la única luz perdida entre la negrura. El interior del vehículo se iba enfriando, el paisaje se iba haciendo más extraño y ella no se preocupaba. Si regresaba muy tarde, Zury podría notarlo, pero no diría nada. Era su cómplice.

Llegaron a la cima. Logró ver unas casas rodeadas de pasto y unas siluetas de caballos dormidos. Adelantaron un poco más hasta pararse en un espacio abierto a la orilla del camino. Se bajaron del carro y caminaron entre unos árboles. No se veía mucho, hasta que se pudo observar todo: el mar, la roca blanca, las olas golpeándola, la luna sobre ellas.

No supo qué decir, pero esa vista la hizo sonreír como nunca. Dirigió la mirada hacia la luna que parecía un sol plata, incandescente. Abrió los ojos lo más que pudo, como tratando de absorber el paisaje. No quería olvidar ningún detalle. Él le tocó el hombro y ella volteó. Lo miró con esos ojos luminosos que cambiaban de color. A ella le gustaba pensar que tenía que ver con su humor: si estaba triste, se ponían verdes; si estaba feliz, se oscurecían. Esa noche los tenía marrón oscuro, casi negros. Aitor sacó el regalo de su bolsillo: una cadena dorada con un dije de un gorrión de madera. Le removió el pelo y la colocó casi tocándole el cuello. Ella pensó que la felicitaría, pero Aitor permaneció en silencio. Parecía siempre saber qué decir, pero más aún, cuándo no decir nada. Ella le dio las gracias y le tomó la mano.

Volvió a mirar el agua resplandecer en la inmensidad y sonrió. Nunca le gustó su cumpleaños, pero siempre le encantó el mar.

El cuarto verde

Abro la reja y luego, la puerta de madera. El pasillo me recibe con un débil olor a cigarro, como siempre. No es un olor desagradable, nunca lo ha sido. No es un olor reciente tampoco. Es el testimonio de alguien que se pasea por la casa y disfruta un cigarrillo cada tarde. Eso es el olor a cigarro antiguo atrapado en la madera: un recuerdo.

Allí solía haber una foto mía en un portarretrato de madera verde. Yo siempre estuve allí. Luego llegaron otras fotos, otras sobrinas más jóvenes. Cuando era pequeña y entraba a casa de Zury, veía mi foto y me sentía importante. Era tan importante que estaba en la repisa de su pasillo.

A la derecha del pasillo está la cocina estrecha, blanca. Al final de la cocina está el tendedero. En él, cuelgan las licras del gimnasio, un jean y un traje de baño naranja. En los estantes hay muchos cereales muy dulces y en la nevera hay un batido que luce divino, pero sabe bastante extraño. Tomo la cafetera y me preparo un café. Llevo tiempo sin oler; no, sin hacer un café tan auténtico, tan de verdad.

Sirvo el café en la primera taza que consigo y salgo a la sala. Entra una luz desde el balcón y baña el salón de amarillo. La luz toca el cuadro de la marina e ilumina el "Goiko" firmado entre sus olas. Recuerdo muchas noches en esa sala. Pero miento. Solo recuerdo una noche en esa sala, a pesar de que hubo miles de noches. Estábamos todos echados en puffs, ignorantes de todo problema, de cualquier preocupación, simplemente riendo y jugando como si no hubiese nada más importante.

Busco el cuarto verde. Había un cuarto verde en esa casa lleno de juegos de mesa, un Nintendo, álbumes familiares y ceniceros. Solía pasar horas allí. Ojeaba una y otra vez un álbum de tapa de flores, también verdes, buscando mis fotos preferidas. Una era una imagen de mi madre en su cumpleaños número quince. Llevaba unos guantes blancos largos y bailaba el vals con mi abuelo. Él la contemplaba como si quisiera bailar con ella toda la vida. A mi mamá nunca le gustó su cumpleaños; nunca dejó que le cantáramos ni picáramos una torta. Pero en esa foto sonreía. Quiero pensar que era feliz.

La otra era una imagen de Zury y mis dos tíos apoyados en el capó de un carro en la casa de Chuao. La foto lucía rojiza y vieja. Zury llevaba un peto amarillo corto, el pelo largo y liso, y sostenía un cigarro. Era hermosísima. Pensaba que quería ser así cuando tuviera esa edad.

Una noche estábamos Ale, Zury y yo en el cuarto verde y entró una chicharra por la ventana. Mi cabeza siempre ha sido un imán para los insectos voladores. La chicharra voló desesperada entre las paredes pegándose con todo. Hacía un ruido metálico y espantoso con su aleteo y sus golpes. Cayó dos veces sobre mi cabeza. Todos reímos, pero la verdad yo aborrecía que los insectos voladores se estrellaran contra mí.

Una vez vivió un loro en ese apartamento. Apareció un día en el balcón y prolongó su visita de forma indefinida. Le faltaba una pata y cantaba canciones religiosas. En vez de caminar, colocaba su pico sobre la superficie y, con su pata solitaria, brincaba y se impulsaba hacia donde quería moverse. Por alguna razón ese loro quiso adoptar a Zury y la acompañó durante mucho tiempo. Ya no recuerdo cuándo se fue. Quizás aún sigue aquí, pero hasta ahora no lo he visto. Tampoco he escuchado canciones religiosas desde que entré por la reja.

Camino hacia el otro pasillo y recuerdo la pared de alfombra. Busco esa alfombra vertical y oscura para pasar mis dedos sobre ella. Camino con los dedos anclados en la alfombra sin saber qué esperar. La habitación al final del pasillo aguarda con las ansias y la alegría de una madre que lleva meses sin ver a un hijo. Mis dedos sueltan finalmente la pared tapizada y entro a la habitación. Es el cuarto de Zury. La rama de un árbol se asoma desde la ventana por entre la cortina traslúcida y limpia. Estoy segura de que me recuerda. Los árboles no olvidan.

Me tiro en la cama y reboto; siento que me muevo en cámara lenta. Hay pequeños trozos de chocolate sobre el cubrecama y una lata de pistachos a medio comer. Hay tazas de café negro y ya frío por todas partes. Coloco la mía en la mesita de noche para que les haga compañía.

Zury me enseñó a tomar café. Tomaba café güayoyo conmigo desde que yo tenía tres años. Güayoyo con mucha azúcar. Hasta hoy sigue siendo mi café preferido. Un día estábamos en una panadería comprando desayuno y Zury me preguntó si quería un café. Nos sentamos en una mesa de metal pequeña con dos güayoyos en vasos plásticos y muchas bolsitas de azúcar. Yo no tenía más de cinco años, pero en ese momento fui la persona más grande del planeta. Fue la primera vez que me senté a tomar un café y charlar con alguien. Recorrí la cara de Zury con fascinación; sus ojos marrones, su nariz larga, su piel siempre bronceada, su pelo color caramelo, igual al mío. Zury tenía un gesto de complicidad en los labios que te hacía saber que eras parte de su código secreto, de su círculo. Tenía la cualidad de hacerte sentir el centro del universo, la niña más adulta, la persona más importante, la foto digna de un espacio en su repisa.

Enciendo la televisión y solo puedo ver estática. Busco el control remoto para cambiar los canales, pero todos los botones son iguales. Son botones grises sin números, ni flechas, ni instrucciones. Los presiono todos a ver si logro cambiar de canal y al fin uno responde. Sin embargo, lo vuelvo a apretar y no reacciona. Continúo probando otros botones y el canal vuelve a cambiar, pero sigue habiendo estática en la pantalla. Comprendo que no voy a poder dominar al aparato y desisto.

Busco el teléfono para llamar a mi madre y contarle que estoy en el cuarto de Zury. Levanto el auricular e intento presionar los botones: 2 - 4 - 1. No lo logro. No llego a entender por qué, pero no puedo llamarla. Empiezo a desesperarme.

Me levanto de la cama para salir del cuarto, mas no consigo la puerta. "Estaba aquí", pienso. Me siento en el borde de la cama y me masajeo las sienes. Todo es confuso y solo deseo recostarme un rato a ver televisión. Me acuesto de nuevo con la mirada hacia el techo. Escucho de fondo la estática del televisor, que se burla de mi incapacidad para cambiar de canal.

Hay una grieta en el techo que recorro con la mirada. La grieta continúa hasta el borde del techo, baja por la pared y se esconde tras el armario. Me pregunto a dónde llegará. Puede que baje por detrás del armario, silenciosa, y siga hasta el suelo, escondiéndose bajo la alfombra.

Me paro y entro al baño. El baño tiene ese olor a cigarro antiguo que me conforta. El secador de pelo está conectado y hay varios peines, ganchos y colas para el cabello junto al lavamanos. Enciendo el grifo y dejo que el agua corra. Hundo las manos y siento el agua de montaña enfriarme la piel. Cierro los ojos durante un tiempo mientras el agua recorre mis manos y las hace envejecer. Abro los ojos y subo la mirada para verme en el espejo, pero no me veo. No estoy. Solo logro ver la ducha que está detrás de mí reflejada en el cristal. Me toco la cara y los ojos para asegurarme de que sigo allí. La piel se siente caliente y seca, como si hubiesen pasado años desde la última vez que la toqué.

Escucho un golpe en el piso de arriba y agradezco que me interrumpan esta sensación de inexistencia. Salgo del baño y observo el techo de nuevo. El ruido es cada vez más fuerte, más agresivo. Parece que cayesen muebles gigantes y se estuviese iniciando un terremoto con epicentro en el apartamento de arriba. La grieta del techo se comienza a abrir y bifurcar en miles de grietas más finas, mientras trozos de techo y cemento caen sobre la cama, la alfombra, mis manos. Entiendo que el techo se está desplomando sobre mí y yo solo puedo contemplarlo: contemplar su desintegración, su ruido, su determinación.

Se está desplomando la casa de Zury.

Se está desplomando la memoria.

PARTE II

Sobre los autores invitados

Apostando siempre por la creatividad y la innovación, en el Taller de Escritura Creativa de Battersea Spanish decidimos abordar los temas recurrentes del oficio literario bajo la perspectiva de un tema unificador que cambia en cada nuevo módulo del taller: en este caso, la escritura autobiográfica y documental. Sin embargo, apostando también por las tradiciones en que se sustenta la literatura, sabemos que las mejores maneras de aprender a escribir son dos: leer y escribir de forma disciplinada y constante. Es por eso que dos de los elementos vitales en nuestro taller son el contacto e intercambio con grandes escritores y sus obras literarias.

A lo largo de este módulo, para ilustrar algunos temas, leímos algunas obras emblemáticas de W. G. Sebald, Junot Díaz y Svetlana Alexiévich, entre otros; así como textos de los autores invitados a las charlas del autor que enriquecen nuestro programa: Cristina Rivera Garza, Adriana Díaz Enciso y Montague Kobbé. Estas lecturas no solo nos ayudaron a entender las posibilidades de la escritura también denominada de autoficción, sino que nos nutrieron creativamente y nos ayudaron a encontrar voces con las que podíamos identificarnos por ser contemporáneas y en nuestro mismo idioma.

El impacto de estas lecturas y del intercambio establecido con los autores ha sido invaluable. Cada uno de estos escritores, al igual que Carlos Fonseca, Guillermo Barquero, Luis Chaves y Daniel Rodríguez Barrón, que participaron en módulos anteriores, se ha convertido en parte integral del proceso creativo del taller. Es por ello que el invitarlos a unirse a las páginas de esta antología del Taller de Escritura Creativa de Battersea Spanish fue una decisión lógica y orgánica.

Cristina Rivera Garza abre esta sección de escritores invitados con el texto *Non-fiction* que, de forma magistral, nos lleva por un vertiginoso recorrido a través de los territorios fronterizos de la literatura de autoficción. De manera más íntima y recorriendo los límites entre el ensayo y el cuento, Daniel Rodríguez Barrón muestra en *Intermitencias* las posibilidades de ficcionar la realidad y convertirla en literatura. Y es a través de este juego de espejos que Montague Kobbé nos lleva de la mano con su ensayo *Ficción o realidad: un asunto de registro,* en el que el autor hace un recuento de sus reflexiones sobre el tema que no solo compartió con nosotros, sino que también está presente en su obra literaria. Explorando archivos, obsesiones y terrenos más tropicales, Carlos Fonseca nos adentra con *El último* en los territorios de la escritura (del ¿falso?) documental. Y es en un tono similar que Guillermo Barquero hace balancearse a la realidad sobre la cuerda floja de la ficción en el cuento *Lenguas artificiales.* Adriana Díaz Enciso nos comparte fragmentos de su novela *Odio*, en donde los mecanismos de la ficción y la escritura autobiográfica se engranan para poner en movimiento una historia magistral e implacable. Finalmente, Luis Chaves nos lleva a donde inicia todo: al mar. *Le pertenece* es un texto que brilla por su elegancia y tono poético, y cierra de forma magistral esta colección de textos.

Recibir uno a uno los relatos de estos escritores que admiramos y a quienes les debemos tanta gratitud, ha sido una experiencia inolvidable y que quizá nunca imaginamos al inicio de este proyecto. El Taller de Escritura de Battersea Spanish se sustenta en el compromiso y pasión por la escritura, y esta muestra de generosidad y confianza son un gran aliciente para continuar con nuestra labor. Gracias infinitas.

Sara Caba y Luis Edoardo Torres

CRISTINA RIVERA GARZA

Non-fiction

[en La Mano Oblicua, columna de los martes del periódico mexicano Milenio, sección de cultura]

Dice que no es creyente pero que le han pasado algunas cosas a últimas fechas que lo hacen dudar. Dice que no le creeré. Dice que me contará, cuando le insisto que lo haga, pero que no está seguro. Y es entonces que, entre cambio y cambio, me mira por el espejo retrovisor y noto la diferencia.

Beto es el taxista que siempre me lleva al aeropuerto cuando salgo de Tijuana. Desde que lo conozco, que ya tiene tiempo, insiste en que algún día terminaré escribiendo alguna de las historias que me cuenta. ¡Y me cuenta tantas! En las vueltas al aeropuerto he conocido, a través de su voz, un cierto submundo de la ciudad fronteriza que de otra manera no visito. Beto trabaja mucho también con las chicas de la zona y ya en alguna ocasión me tocó compartir servicio porque andaban, como me lo explicó, apurados. Esta vez es distinta. En lugar de empezar su relato con la algarabía que lo caracteriza, usualmente subiéndole al mismo tiempo el volumen al radio, me esconde la vista y hasta cierra las ventanillas del auto. En un momento o dos recordaré cómo, al subir, admiré lo limpio que estaba, lo bien que olía. Lo inmaculado.

Dice que la recogió, como a tantas otras, en una esquina cualquiera. Dice que sus largos cabellos cobrizos, sus ojos claros, su acento de las afueras. Dice que se trataba de una chica muy joven, de las que aseguran tener 20 cuando apenas si andan rozando los 16 y que por eso son bonitas de verdad. Dice que la chica recibió una llamada por teléfono y que, todavía con el aparato sobre la oreja, le indicó el destino final. Dice que ahí donde estaba, en el asiento delantero, se quitó el pants deportivo y se puso un vestido entallado, verde, en realidad encantador. Dice que el destino final era un hotel.

Nunca antes me habían dado escalofrío las historias de Beto. Pero ésta, aún antes de conocerla del todo, me lo provoca. De repente tengo deseos de que guarde silencio. De repente tengo la esperanza de que algo pasará en la calle o en su cabeza y dejará de contarme lo que irremediablemente me cuenta. ¿Quién que haya vivido en México el último sexenio no sabe el final ya?

Dice que le pidió el número de teléfono para que, al terminar su trabajo, pasara por ella al mismo lugar. Dice que entre una cosa y otra, se abrieron de capa y se contaron lo que se puede contar en un servicio. Dice, y esto lo dice otra vez ensartando su mirada apesadumbrada, su mirada afectada por algo que justo en ese momento no sé si llamar metafísico, en el espejo retrovisor. Dice que nunca le habló.

Sé que todavía no llega el punto que realmente me quiere contar porque hace pausas cada vez más largas. Algo discutimos alguna vez sobre el papel del silencio, del espacio en blanco, en la construcción del suspenso. Mientras calla veo los grandes espectaculares. Eligio Valencia 2012. Me río, claro; luego me vuelvo a reír cuando me percato del equívoco. Eligio no lleva acento en la o.

Dice que a la siguiente mañana lo supo todo por la televisión. Dice las palabras de siempre: encontrada muerta, asfixiada, cuerpo sin identificación. Dice que tuvo que responder preguntas en la estación de policía. Dice las palabras de siempre: sin identidad, sin familia, sin qué más.

No sé si en ese momento o después que empieza la náusea. No sé en qué momento me percato que, apenas unos días atrás, leí palabras similares respecto a un poeta y traductor cuyo crimen permanece sin esclarecimiento alguno: atado de pies y de manos, cinta canela en la cabeza, golpe o disparo de gracia. Cada vez están más cerca, me digo, mientras quito la mano instintivamente del respaldo del asiento donde se había cambiado de ropa la muchacha.

Dice que otro día, un día también de entre semana, le volvió a pasar algo parecido. Dice que esto es lo que no le voy a creer. Dice, abriendo los ojos pero manteniéndolos paradójicamente sombríos, que cuando la chica joven se subió al auto iba ya contestando una llamada. Dice que respiró profundo y dudó. Dice que, luego, envalentonado o comprometido, en todo caso fuera de sí, le contó lo que le había pasado a la otra chica para convencerla de que no fuera sola a cumplir con una cita de trabajo a un hotel. Dice que le dijo: era una chica tan joven como tú. Dice que en ese momento la muchacha nueva se quedó callada y le hizo preguntas. Dice que al final, cariacontecida pero sin derramar lágrima alguna, le dijo que era su hermana. Dice que entonces marcó un número y en voz muy baja le dio la noticia a su madre. Dice que dijo: Ya sé dónde está mi hermana.

¿Cuáles son las probabilidades reales?, me pregunta como si yo lo supiera. ¿Puedo o no puedo ver claramente la intervención de algo más allá de nuestra comprensión habitual?, insiste. No sé que pensar ni de la conversión religiosa que me anuncia ni del paisaje que, gris, se desdobla en polvo y ruido del otro lado de la ventanilla. Qué íntima es a veces la tristeza social. Y viceversa. Dice Carlos Beristáin, sociólogo y médico, perito de la Corte Interamericana de los Derechos Humanos, que la violencia en México ha alcanzado los grados de catástrofe. También dice que el legado de esta violencia impactará, al menos, dos generaciones enteras. Los duelos. La rabia. La impotencia.

DANIEL RODRÍGUEZ BARRÓN

Intermitencias: memoria, lectura y escritura

¿Quién escribe? ¿Cómo se entrelazan los hilos entre la memoria, la lectura y la escritura? ¿Cuál es el peso exacto de lo vivido en la escritura? ¿Pesa tanto como aquello que se ha leído? ¿Acaso la lectura no es tan real como lo real? ¿Acaso no es verdad que se vive lo que se escribe y lo que se lee? ¿Entonces dónde se halla la diferencia entre lo escrito, lo vivido y la lectura?

Las siguientes intermitencias, un abecedario incompleto, son intentos de entender de qué fuentes bebe la escritura.

a)

Cuando yo nací, Picasso, Sartre, Stravinsky, Castoriadis, Semprún, Revueltas, Onetti y Rulfo, entre muchos otros artistas, aún estaban vivos y en activo. El 68, que tanto marcó a varias generaciones y a varios países, acababa de pasar; muchos de mis maestros en el Colegio de Ciencias y Humanidades eran sobrevivientes del 68 y vivían con entusiasmo, casi como si estuvieran ocurriendo en ese momento, aunque ya estábamos a mediados de los ochenta, las disputas entre Sartre y Camus, entre Revueltas y la izquierda más ortodoxa. Cuando llegué a la Facultad de Filosofía y Letras, se estudiaba el estructuralismo con fervor; se discutía a Deleuze y a Foucault; se veía la literatura, la de Chaucer -estudié letras inglesas- o la de Shakespeare, desde la mirada de Sartre o Barthes.

En cuanto a la tecnología, escribí mis primeros textos en máquina de escribir y los segundos, en máquina de escribir eléctrica. En el Colegio de Ciencias y Humanidades había una enorme computadora que calculaba nuestros aciertos o desaciertos marcados con lápiz en los óvalos donde debíamos responder a las preguntas de "opción múltiple" del examen. Eran armatostes viejos con los que el pintor mexicano Manuel Felguérez, una década antes, ya había trabajado en una universidad estadounidense para crear su serie: *La máquina estética*. Creo que trabajé por primera vez en una computadora en la redacción de la revista *Viceversa* de la que fui editor ejecutivo. Era una Mac fea, con forma de caja de cereal. Después de apretar el botón de encendido, nos salíamos a comprar un café con la esperanza de que, al regresar, ya hubiera corrido todos sus programas y pudiéramos empezar a trabajar. Mi *walkman* me acompañaba a todas partes, aunque era muy incómodo andar cargando *cassettes* para variar la música, y luego, cuando se convirtió en *discman*, era todavía más difícil cargar discos para cambiar de ritmo, de cantantes, de *soundtracks* mientras viajaba en el metro.

b)

Tendría unos dieciocho años y estudiaba en la Escuela de Escritores de la SOGEM. Mis maestros eran dramaturgos como Vicente Leñero y Jesús González Dávila, o poetas exiliados en México como Carlos

Illescas… Al mismo tiempo, estaba matriculado en la Facultad de Filosofía y Letras de la UNAM, y allí todavía tuve clase con algunos de los emigrados españoles como Ramón Xirau, mi maestro de filosofía, o Federico Álvarez, mi maestro de filología. Cuando podía, que era casi siempre, me escapaba de ambas escuelas para ir a casa de un amigo, el pintor Víctor Salomón, un alumno aventajado de Vlady (pintor ruso-mexicano) que nos contaba historias del maestro y de su generación. V. S. vivía solo. Era, creo, el primer amigo que tuve que vivía solo. Su casa era un lugar abierto para todo el mundo. Allí nos encontrábamos aspirantes a pintores, a poetas, a narradores… Su casa estaba llena de libros y de discos. Cuando teníamos dinero (casi nunca), comprábamos drogas; en las habitaciones del departamento había catres para quedarse a dormir o ensayar el amor, la desesperación o el sexo. Para comer, si nos daba hambre, cambiábamos botellas de cerveza por el importe en el supermercado. Y comprábamos más cervezas y alguna fritura.

Pero, por sobre todas las cosas, hablábamos de libros. Estábamos locos por Juan José Arreola y Salvador Elizondo, por Baudelaire y Bataille, y pensábamos que bastaba con leer a Foucault para entender el mundo. Acababa de salir en español *El nombre de la rosa* y todos queríamos hacer una tesis, un ensayo o una novela sobre la Edad Media… Poníamos películas de arte en beta y las dejábamos correr; a veces las mirábamos de reojo, a veces ni siquiera las mirábamos, pero era la única tele que veíamos. Nos gustaba Balthus (V.S tenía un gato negro y mugroso, que desde luego se llamaba Balthus), y creíamos en Picasso y en Rembrandt; leíamos en voz alta poesía y crítica de artes plásticas. Íbamos a mil inauguraciones y revoloteábamos alrededor de Gironella o de Vicente Rojo. Les pedíamos autógrafos como si fueran estrellas de rock; queríamos hablar con ellos, verlos, oírlos, como si tuvieran algo que decirnos. No decían nada. Les parecíamos graciosos un minuto y después éramos peor que la lepra. Regresábamos a casa con catálogos robados y muertos de risa.

Muchos años después, del brazo de una amiga que conocí en su casa, nos acercamos a ver a Salomón en su féretro. "Qué pálido está", dijo Moramay. "Sí", dije, "parece un vampiro". "Eso le habría gustado", concluyó ella, y nos quedamos en silencio. Por primera vez se nos moría un amigo. Alguien de nuestra generación.

c)
"¿Qué Dios detrás de Dios la trama empieza
de polvo y tiempo y sueño y agonía?"
Jorge Luis Borges

d)

Mi padre me compraba libros los domingos cuando íbamos, como toda familia con aspiraciones que se precie, a desayunar a Coyoacán. Para que no me tardara viendo libros o, más bien, para que él no gastara demasiado (vengo de una familia de clase media alta y baja según el día y la hora: los días de paga, alta; los días de espera de paga, bajísima), me decía: "Voy por el coche al estacionamiento. Cuando llegue a la plaza, tú ya debes estar allí; si no estás, te dejo", y me daba un billete. Yo corría a la librería (se llamaba -¿podía ser de otro modo? - *El Parnaso*) a comprar lo que ya sabía, porque me daba mis escapadas para escoger mi libro entre semana y así no perder tiempo el domingo. Invariablemente era un Sartre, un Camus; leí todo su teatro antes de llegar a sus ensayos, a sus novelas, porque yo quería ser dramaturgo. Luego, durante la semana, les presumía mis subrayados a los amigos en casa de V. S. Me repetía a mí mismo los parlamentos; quería sentir su angustia, su furor. Pero, a pesar de mi entusiasmo por los existencialistas y mi mala imitación de joven de los 60 viviendo en París, no podía encontrar algo propio, algo que me hablara a mí y solo a mí.

e)

"Con una hermosa herida he venido al mundo. Era todo cuanto tenía."

Kafka

f)

Buscaba algo para sanarme y encontré a Tolstói. Acabo de terminar de leer *Hadjí Murat*. Estoy verdaderamente conmovido; todo lo que no pudo enseñarme la puta información que he leído sobre la guerra de Irak en casi un mes, me lo enseñó Tolstói en un pequeño relato. La muerte de un hombre, de uno solo, cambia la vida de familiares y amigos; cambia la fisonomía del espacio, del tiempo. Ese pequeño relato de un soldado ruso que muere y su familia queda entre consternada y liberada, pues son muy pobres, así como el doble sentimiento de pena y también de liberación que siente su esposa, pues ya puede casarse con otro, me conmovió mucho y me permitió aprender a seguir a un solo personaje, a no abandonarlo, a saber que un muerto tiene lazos que repercuten en otros tantos personajes.

Durante todo el relato, Tolstói subraya el hecho de que Murat se ha pasado a los rusos con el fin de rescatar a su familia; una y otra vez, a través del personaje, vemos imágenes de su familia que hacen de Murat no solo un personaje entrañable, sino fundamentalmente bueno, a pesar de la supuesta traición de pasarse a los enemigos. Sin embargo, Tolstói me da una gran lección, después de asegurarnos que ese hombre se ha jugado la vida por algo muy específico. Justo en el momento de su muerte, luego de recordar con la imaginación a toda su familia, en el último momento antes de perder su conciencia, Tolstói señala: "Tales recuerdos pasaron por su mente sin provocar piedad, ira ni deseo alguno. Todo eso le parecía insignificante en comparación con lo que iba a empezar o, mejor dicho, había empezado para él." Entonces cae al suelo y su cuerpo es mutilado y pisoteado. Un soldado le corta la cabeza. "El cardo magullado que vi en medio del campo me trajo a la memoria esta muerte." Tal vez, más que en la vida, es en la muerte cuando más nos parecemos todos los seres: lo mismo un hombre que un perro reventado en carretera, una tortuga despellejada por un pescador, una mujer torturada por sus asesinos. ¡Qué fútiles parecen incluso nuestros deseos y afectos, por más prestigio que les den los años o la fuerza de nuestro cariño, frente a la muerte!

g)

En medio de las peticiones de una carta firmada con mi renuncia, aunque yo no estoy renunciando a mi trabajo, son ellos los que me "han pedido mi puesto". Fue cuando leí *Madre Coraje y sus hijos*. Buen momento, porque si bien desespera que uno deba hacer trámites para estar formalmente desempleado, comprendí la terrible situación de otros. Hacía mucho que no leía a Brecht y me maravilla la aparente sencillez con la que traza su obra, tanto los diálogos, como el carácter de sus personajes. Siempre me obliga a darme cuenta de que pierdo el tiempo buscando la frase adecuada, incluyendo uno que otro preciosismo, cuando todo debe decirse sin empacho, con claridad. Me conmovió mucho la fuerza de esa mujer que sabe que los hijos se pierden y su opinión sobre la guerra: buena cuando se ganan algo para comer, mala cuando se pierde dinero; la capacidad de Brecht para ponerlo todo en juego, para hacernos pensar que soportamos cualquier cosa cuando nos conviene. Unas veces premian a sus hijos por robar ganado y otras los matan por la misma razón. Al hijo tonto, como le llama al honesto, lo matan por cumplir fielmente su deber, y la hija muda tiene gesto de heroísmo: tocar el tambor furiosamente para avisar al pueblo cercano que los soldados se dirigen hacia allá para matarlos. Es, en verdad, memorable, sobre todo porque no es un gesto grandilocuente. La tele y el cine nos han hecho mucho daño: creemos que para que un espectador se conmueva, el héroe debe destruir casi una ciudad completa solo para salvar a su esposa y a su gato. En cambio, aquí la pobre muchacha muda no se salva; sencillamente, ante la perspectiva de un futuro idéntico al presente, comprende que es mejor morir haciendo un favor anónimo. Las terribles palabras de Madre Coraje: "La corrupción es nuestra única esperanza. Mientras exista, habrá una justicia indulgente, y hasta los inocentes podrán salir bien parados de un tribunal". O: "¿Cuánto tiempo no soporta la injusticia? ¿Una hora, dos? Ya ve, no se lo ha preguntado, pero eso es lo principal, ¿por qué? Porque en el cepo será una lástima que de pronto descubra que puede soportar la injusticia". Estas palabras pertenecen a una milenaria sabiduría popular o, con menos truculencia, al más estricto sentido común, y es allí donde Brecht es un maestro. Uno puede adorar a Shakespeare, como es mi caso, pero resulta difícil estar en la posición de alguno de sus personajes; sin duda son tan únicos que jamás podemos tomar, en la vida cotidiana, una postura intelectual o sentimental idéntica. Ninguno de los personajes de Shakespeare es una guía o un ejemplo; todos son casos, excepciones y, sin duda, por eso es un genio. En cambio, uno se queda con la idea de que los personajes de Brecht ya los conoce o los ha visto hablar y andar por alguna parte. ¿Quién puede decir, sin presumir, que alguno de sus amigos se parece al Príncipe de Dinamarca? ¿Quién puede decir sin falsa arrogancia que es un Ricardo III? En cambio, todos hemos conocido o sabido de una madre como esta, con instintos y redundancias puramente animales. Me recordó a mi gata que tuvo docenas de gatitos y, si uno salía malo, dejaba de alimentarlo y, cuando los regalábamos, los extrañaba uno o dos días y después seguía con su vida como si nada hubiera pasado.

h)

¿Quién escribe? ¿Con qué herramientas se trabaja: la memoria, las lecturas, lo que nos cuentan los demás, la observación de un puñado de hechos -asuntos de oficina, amores casi involuntarios, deseos inopinados-? Si estas preguntas tuvieran una respuesta inobjetable, ni siquiera valdría la pena plantearlas. Son tentativas, no de respuestas, sino de escritura. Es la escritura la que pregunta y la que responde. Usted, lector, y yo, no somos el mapa donde el lenguaje se pierde.

i)

Llevo todo el día tirado en cama, leyendo *El Maestro y Margarita*, de Bulgákov. Estoy a punto de llegar a la mitad, cosa que me apura porque muero de ganas de saber qué demonios hacen en Moscú el Diablo y sus secuaces. Apenas se ha presentado el Maestro y supongo que Margarita es la mujer de la que está enamorado. Por ahora estoy completamente divertido con Voland, Fagot y, sobre todo, con el gato negro y gordo que anda sobre sus patas traseras llamado Popota. Me ha llamado mucho la atención que su Diablo, más que miedo, da risa; es un Diablo del ridículo y no es extraño que se presente en un teatro haciendo trucos de magia y su favorito sea desenmascarar: pierde a los seres humanos a través de sus propios vicios, que son los más comunes -las ganas de sobresalir, de aparentar riqueza, inteligencia, gusto y lo único que consiguen es ponerse en ridículo-. Asimismo, su sátira contra el mundillo de la literatura es muy bueno: poetas, presentadores de revistas y narradores mediocres haciendo fila para conseguir un puesto público, unas vacaciones pagadas para ponerse a escribir, todo suena a ayer, al mundo literario de hoy por la mañana en cualquier parte del mundo. ¿Cuántas veces tú mismo has buscado alguna clase de preferencia, alguna ventaja acomodaticia?

Un poeta que ante los insultos del poeta Desamparado reflexiona, a través del narrador (por cierto, ¿quién será el narrador?), de esta manera: "¡Los versos! Tenía treinta y dos años. Y después, ¿qué? Seguiría escribiendo varios poemas al año. ¿Hasta que fuera viejo? Sí, hasta la vejez. ¿Pero qué le aportarían sus versos? ¿La gloria? ¡Qué tontería! No te engañes: la gloria no es para quien escribe versos malos, pero, ¿por qué son malos…?", hablaba consigo mismo sin compasión alguna. Esa pregunta me entristeció terriblemente. ¿Y por qué son malos? ¿Porque el esfuerzo de un hombre no puede hacer nada contra una virtud fortuita que llamamos talento? Y en estas estaba, cuando suena el teléfono y una persona de Radio IMER me llama para preguntarme mi opinión sobre George Orwell ante su inminente centenario que se cumple mañana. Y el caso es que no pude decir que no. Por una parte, me parecía una descortesía (hablan de parte de un buen amigo mío) y, por otra, no pude contener mi vanidad y terminé diciendo un par de tonterías sobre Orwell. Todo fue al vuelo: traté de rescatar eso que Orwell decía sobre el lenguaje político de todos los partidos, que está dicho para adecentar el crimen y la mentira; traté de hacer de su inteligencia un ejercicio práctico frente a nuestras próximas elecciones, pero ahorita mismo lo que acabo de escribir es más coherente que aquello que farfullé en el momento. A pesar de mi esfuerzo por evitar el lugar común de su lucha contra el totalitarismo y a pesar de intentar acercarlo a la experiencia actual, no dejo de sentirme un respetable miembro de la MASSOLIT en pleno uso de sus facultades. Pero, ¿cómo lo evitas sin caer en la postura contraria, la del Maestro incomprendido, consciente de su valía, pero también con el Demonio dentro, es decir, con la necesidad de ver su obra publicada y reconocida?

¿Por qué uno es malo y el otro no? Sin embargo, en *El Maestro y Margarita*, también palpita la necesidad de vivir. Ya me encantaría ser rico y no tener que publicar nada que no fuera una obra trabajada durante años. ¿El maestro Rilke no arañaba la puerta de los castillos en busca de una beca? ¿Y Racine y Molière? ¿Platón no era hijo de ricos? ¿Son menos grandes por haber aprovechado su circunstancia y sacado partido de sus amigos y parientes?

Y por eso, *El Maestro y Margarita* es una suerte de secreta revancha contra el medio literario hostil y, con seguridad, una bofetada al destino que no debió haberles pagado bien al autor y su amada. Pienso que el hecho de ver sufrir a su esposa, tal vez por la miseria, tal vez por la cruel censura que padecía parte de su obra, lo llevó a escribir esa liberación tan hermosa que es el vuelo de esta mujer, que es la transformación de esta mujer en bruja. Los imagino en la noche helada de Moscú leyendo juntos ese capítulo y muriéndose de risa. ¿Cómo no ver la tristeza bajo ese hermoso capítulo donde Margarita pide, no para ella, sino primero para la tal Frida, una suerte de Lady Macbeth que no puede quitarse la mancha de sangre, su liberación, y luego la liberación del maestro? Estoy completamente seguro de que una noche, en medio de la pobreza y la desesperación, Bulgákov le preguntó a su mujer, ¿qué harías si te encontraras con el Diablo y pudieras pedirle algo? ¡Qué regocijo! Y el poeta, el maestro, le enseña que no se pide, se recibe. El Diablo le dice a Margarita: "¡Nunca pida nada a nadie! Nunca, y sobre todo, nada a los que son más fuertes que usted. Ya se lo propondrán y se lo darán."

En el fondo, todo es bueno. El Diablo no hace sino ayudar a esta mujer. Ahora el epígrafe: "Aún así dime quién eres. Una parte de aquella fuerza que siempre quiere el mal y siempre practica el bien", Goethe. Bulgákov me enseña que vender el alma al Diablo es aferrarse a la literatura; será ella quien ponga en su lugar a los rufianes. Con la duda secreta, con el rechazo y la humillación, pero, sobre todo, con el amor fiel de unos cuantos, se alimenta el río subterráneo de la literatura. Podremos especular cualquier cosa sobre la vida del autor; sin embargo, ahora que he terminado la novela, él me susurra al oído: "El maestro y Margarita, eso soy yo, el resto ya no existe".

j)

No tengo dinero, no tengo trabajo. Bajo a la biblioteca del parque todas las mañanas para escribir. Es como si saliera a mi oficina. Naturalmente me angustia, me deprime y, al mismo tiempo, hay momentos gratos como subirme a una de las bicis del parque y dar vueltas y vueltas, despacio, sintiendo cómo mi cuerpo se abre paso en el aire, mientras algunas personas me saludan, otros vagos que pasean a sus perros, la señora que hace el aseo en la biblioteca, su hija adolescente, las señoras que venden las quesadillas, y todo parece perfectamente normal, como si siempre hubieran estado allí.

k)

"Hay sólo un camino. El que hubo siempre. Que el creador de verdad tenga la fuerza de vivir solitario y mire dentro suyo. Que comprenda que no tenemos huellas para seguir, que el camino habrá de hacérselo cada uno, tenaz y alegremente, cortando la sombra del monte y los arbustos enanos." Onetti.

l)

Y justo a la mitad del camino, cuando la novela se había vuelto más folletinesca, casi podría decir más novela, con conatos de rapto y todo, Tolstói abre la tercera parte de su *Guerra y paz* con un ¿ensayo?, ¿comentario?, ¿digresión?, sobre la guerra o, mejor dicho, sobre las acciones individuales, la historia y la guerra. Dice: "Cada ser humano vive para sí mismo, goza de libertad para lograr sus objetivos personales y siente, en su fuero íntimo, que puede o no realizar una determinada acción. Pero cuando la realiza, esa acción, ejecutada en un momento dado, se convierte en irreparable, pasa a ser patrimonio de la historia y no significa un acto libre sino predeterminado. [...] Hay dos aspectos en la vida de cada individuo: el personal, tanto más independiente cuanto más abstractos son sus intereses, y la existencia espontánea, gregaria, en la cual el hombre obedece inevitablemente las leyes que le vienen impuestas. [...] La historia, [es] la vida inconsciente, gregaria de la humanidad. [...] En los hechos históricos, los llamados grandes hombres son como etiquetas que denominan el acontecimiento; y como sucede con las etiquetas, son quienes menos está relacionados con el hecho mismo."

m)

Recordé algo de Virginia Woolf: "Para ambos sexos la vida es ardua, difícil, una lucha perpetua. Requiere un coraje y una fuerza de gigante. Más que nada, viviendo como vivimos de la ilusión, quizá lo más importante para nosotros sea la confianza en nosotros mismos".

n)

¿Y si quien escribe no es el individuo, sino la especie? Escribir es dejar huellas, tal como lo hacen Hansel y Gretel, pero no para regresar al punto de partida, ni para que alguien pueda rescatarnos. Eventualmente nos perdemos en la espesura para siempre. Nuestra labor es dejar señales, pero... ¿qué dicen?

o)

Lo que hace la literatura es enlazar los hechos: los existentes, los imaginarios, los preexistentes... sin ella, todo permanecería aislado, sin sentido. Ese sentido es ficticio, pero vital. Nos permite seguir vivos: sobrevivir a los hechos.

p)

"Ningún hombre tiene éxito en todo lo que emprende. En este sentido, todos somos fracasados. Lo que de verdad importa es no fracasar en la ordenación y el sustento del esfuerzo de nuestra vida. En esto es la vanidad la que nos lleva por mal camino. Nos precipita a situaciones de las que necesariamente salimos perjudicados; mientras que el orgullo es nuestra salvaguardia, tanto por la reserva que impone a la sección de nuestro empeño como por la virtud de su poder sustentador".

Joseph Conrad

q)

Escribir es mantener a distancia a las sombras, es engañarlas con símbolos y alegorías, meras figuras de papel recortadas contra el vacío que nos permiten escapar. Pero solo momentáneamente. Al final, las sombras descifran nuestros ringorrangos y vencen, pero no sin lucha y no sin dejar esas armas para el uso de alguien más.

MONTAGUE KOBBÉ

Ficción o realidad: un asunto de registro

La distinción entre realidad y ficción puede ser tan intuitiva como engañosa, especialmente cuando la enmarcamos dentro de las estrategias narrativas de una obra literaria. Por ejemplo, a primera vista pareciera evidente que las rosquillas existen, mientras que los unicornios no. Es un hecho que el Titanic se estrelló contra un iceberg y que este abrió tal brecha en las planchas de acero que formaban su casco que en cuestión de horas el barco más famoso del mundo reposaba en el fondo marino. Ahora, Leonardo DiCaprio aferrándose con gélida rigidez a la mano de Kate Winslett es cosa de Hollywood, como también lo son *Tiburón* y *Alien*. A pesar de que estos dos universos, el de la realidad y el de la ficción, denotan dos categorías ontológicas prácticamente opuestas, en nuestras vidas sus caminos se entrecruzan de manera continua. Esta relación, y las características que permiten distinguir a uno del otro, es el tema central de estas notas, y también uno de las inquietudes fundamentales que informan mi quehacer literario.

En un principio podría parecer que la barrera entre ficción y no ficción es equivalente a la barrera entre realidad y ficción, pero cuando entramos en el mundo de la literatura la distinción entre ambas categorías se difumina a tal punto que prácticamente deja de existir del todo, pues ya no nos referimos a conceptos como rosquillas y unicornios, sino que hablamos de una historia (real o ficticia) y de su narración. A nivel narrativo, los discursos de la realidad ocupan un lugar privilegiado precisamente por estar vinculados a hechos de la vida real. De manera que la historia, la biografía, los diversos géneros documentales se ven legitimados por su veracidad, en la medida que la verdad es concebida como una realidad objetiva e incambiable que se puede verificar a través de pruebas externas irrefutables. Esta concepción de la verdad es determinante a la hora de orientar no solo nuestro criterio literario sino inclusive toda nuestra visión de mundo. Sin embargo, el rol (al menos parcial) de la literatura en nuestros tiempos, en lo que podríamos denominar la era de la post-verdad, también pasa por cuestionar la legitimidad de los discursos de la realidad y el monopolio que estos mantienen sobre la verdad.

En la narrativa el concepto es un accesorio al servicio de otros elementos fundamentales, como lo pueden ser la acción o la caracterización. A diferencia de los conceptos, las acciones solo se pueden concebir tomando en consideración a sus protagonistas, con lo cual toda acción, o al menos todo recuento de ella, es necesariamente subjetiva. A nivel práctico esto acarrea dos consecuencias, la primera es que donde hay una narración necesariamente tiene que haber al menos un narrador; la segunda es que donde hay una acción hay también un sujeto llevando a cabo tal acción. La relación entre sujeto y narrador va a ser la distinción determinante entre la narrativa documental, en la que narrador y protagonista son diferentes, y la autobiográfica, en la que narrador y protagonista coinciden. En cierto sentido, pues, es precisamente el nivel de subjetividad el que marca la distinción entre diversos géneros de escritura de no ficción.

Pero si la narrativa de no ficción es subjetiva, ¿dónde se haya la diferencia entre ella y la literatura de ficción? La clave para responder esta pregunta recae en el lector, y su actitud frente al texto. Voy a tomar un ejemplo poco humilde, el de mi novela *The night of the rambler*, porque me permite exponer lo que acaso sea la expresión máxima del abanico de posibilidades que se abre cuando hablamos de la interpretación que la obra ofrece a su lector. *The night of the rambler* narra las circunstancias de un episodio histórico poco conocido que tuvo lugar en Anguilla, una pequeña isla del Caribe con una población cercana a las 15.000 personas y una superficie aproximada de 35 millas cuadradas. Prácticamente nadie ha oído hablar de Anguilla, y entre las pocas personas que sí lo han hecho solo un pequeño número está al tanto de que en 1967 hubo un estallido social espontáneo en la isla que causó una crisis diplomática de dos años y que eventualmente se convertiría en la única revolución –al menos la única que conozco– que se haya librado no para conseguir la independencia sino más bien para restablecer el orden colonial.

Las experiencias de los personajes que articulan *The night of the rambler* insertan la historia dentro de un contexto bien conocido, tejiendo una suerte de hilo conductor que transporta al lector a momentos trascendentales para la región, como lo pueden ser la revolución cubana, la masacre del perejil en la República Dominicana, el asesinato de Rafael Leónidas Trujillo, el derrocamiento del dictador venezolano Marcos Pérez Jiménez, entre otros. Sin embargo, el nombre del territorio, su ubicación, los detalles de la historia, todo conspira en contra de un relato creíble. Se crea entonces una paradoja, porque *The night of the rambler* se basa en una serie de eventos de la vida real cuya reconstrucción supuso una ardua investigación utilizando métodos tradicionales, entrevistando a algunos de los protagonistas de los hechos, consultando literatura secundaria, indagando en archivos de hemeroteca. Claro que esto es algo que el lector no puede saber, con lo cual al enfrentarse al libro se encuentra con una historia repleta de situaciones inverosímiles. Es por ello que la gran mayoría de los lectores de *The night of the rambler* dan por sentado que muchos de los hechos concretos que verdaderamente sucedieron en la vida real, los más estrafalarios de la narración, son producto de mi imaginación, mientras que aceptan como verdaderas gran cantidad de las reconstrucciones noveladas.

The night of the rambler se enfoca en un episodio inverosímil de una revolución que, inclusive en su momento, fue prácticamente ignorada, y que hoy en día se desconoce casi por completo. No podemos hablar ni siquiera de que se haya olvidado porque, ¿cómo se olvida lo que nunca se supo? Tenemos, por lo tanto, que hablar de un evento ignorado, desconocido, un no-evento. En casi todos lados, menos en Anguilla, desde luego, donde ese no-evento que casi todo el mundo ignora resulta haber sido la piedra angular, la base, digamos, sobre la que se ha venido construyendo su identidad nacional.

Más allá de que hablemos de una anécdota prácticamente hecha a la medida para ser novelada –una secuencia de hechos emocionante, risible, inédita, con un villano de película, un héroe imperfecto y un final feliz–, al empezar a trabajar con ella me topé con una situación fascinante: por una parte me enfrentaba a la epopeya fundacional de una nación, que al mismo tiempo resulta ser un no-evento para el 99% del (resto del) mundo. No hay registro que sea compatible con la épica y la insignificancia a la vez, por lo que tuve que encontrar un tono, y también una estructura que fuese respetuosa hacia Anguilla y que a la vez explotara al máximo el potencial de una anécdota con las características que acabo de mencionar.

El resultado, quizás inevitable, es que *The night of the rambler* es en realidad dos libros, o quizás sea un libro esquizoide, con una personalidad en las costas anguileñas y otra, completamente distinta, en cualquier otra parte. Pero hay más, porque entre una personalidad de la novela y la otra, entre el blanco y el negro, existe una infinidad de matices que se despliegan como un abanico y que de manera clara relacionan cada una de las posibles versiones y subversiones del texto. Si pudiésemos, en teoría, juntar cada una de esas lecturas, colocarlas lado a lado, algunas serían casi idénticas, otras tendrían pequeñas variaciones, otras postularían interpretaciones más extravagantes y al final tendríamos un catálogo de colores que nos llevaría progresivamente de un extremo ¬–la epopeya fundacional– a otro –el no-evento–. Es un tema, al fin y al cabo, de perspectiva.

Lo cual me lleva al segundo elemento que quisiera resaltar. En una época se hablaba con propiedad acerca de la intención del autor y de cierta manera se alineaba la lectura de la obra con lo que el autor "quería decir". Afortunadamente hace tiempo ya que eso pasó de moda, no el que los escritores tengan una intención al escribir una obra, sino el afán por hacer referencia a ella o inclusive por descubrirla. Hoy en día se hace mayor énfasis en una noción que se encuentra en directa contraposición a la intención del autor: la expectativa del lector, la cual ejerce una enorme influencia sobre la lectura y hasta el propio mensaje de la obra. Porque nada existe de manera aislada, ni el texto, ni la intención del autor, ni tampoco la expectativa del lector, que en buen grado se ve alimentada por una serie de elementos que informan o influyen la lectura inclusive antes de que ella empiece. Me refiero a elementos completamente externos, casi paisajistas, como lo pueden ser la reputación del autor o los comentarios y reseñas que haya recibido la obra, así como elementos más manipulables, pertenecientes al aspecto de mercadeo de la industria, que van desde la ubicación del libro en las diversas librerías hasta su formato, el diseño de la portada, y otros elementos similares. Estos factores, particularmente los externos, son los que articulan el tipo de contrato que rige la relación entre el lector y el libro, inclusive antes de que se consume el acto de lectura. Por lo tanto, es imprescindible que esta serie de factores estén alineados de manera coherente para legitimar las aspiraciones de la obra y permitir que su registro cumpla su función a cabalidad. No es lo mismo agarrar un libro de Stephen King en la sección de horror de una librería y leer en la contraportada que se trata esta de una lectura que te dejará los pelos de punta, que revisar la lista de los libros de historia más vendidos en Amazon y comprar *La segunda guerra mundial* de Winston Churchill. Ambas lecturas serán terroríficas, no hay duda, pero de maneras y por motivos diferentes.

Sin embargo, aún más importante que los elementos externos de la obra son los intrínsecos a ella, y es aquí donde radica la diferencia fundamental entre la ficción y la no ficción. Por una parte está la estructura, que varía, evidentemente, según el tipo de obra, un libro de acción, uno de suspenso, una obra contemplativa o filosófica. Luego está la caracterización, la creación de personajes polifacéticos, complejos pero a la vez coherentes, ricos a nivel emocional, distinguibles a nivel físico. Esto aplica también para libros de no ficción solo que su construcción suele obedecer a un proceso diferente, acaso menos imaginativo y más enfocado en la investigación para lograr desvelar todas estas dimensiones de una persona de la vida real. Pero el elemento fundamental, no solo el más importante sino el más difícil de conseguir, es el registro de la narración. El tono, que según la estructura y los personajes de la historia puede ser polifónico, tiene que ser consistente a lo largo de toda la obra, creando una especie de atmósfera propia que al fin y al cabo se convierte en el sello de identidad del texto, lo que hace que sea cómica o canalla, imponente o desgarradora. La diferencia pues entre la escritura documental y la ficción se reduce a una diferencia de registro que es cónsona con una diferencia en las expectativas del lector –todo lo demás es accesorio.

Y es que la ficción y la no ficción son canales igualmente válidos para interpretar nuestra realidad. Este es precisamente el punto que Junot Díaz hace de manera magistral en *La maravillosa vida breve de Óscar Wao* al contrastar narrativas históricas claramente tendenciosas y manipulativas en sus notas a pie de página con largos y detallados fragmentos sacados del género fantástico. Estos pasajes llenos de erudición ofrecen al lector más que una mirada privilegiada a un mundo reservado a unos pocos iniciados: sirven más bien de herramienta, potencialmente alienante, para desentrañar a cabalidad el universo de Óscar Wao, el cual no es otra cosa que una extensión del nuestro –de la vida misma.

Un ejemplo más extremo de esta misma situación lo encontramos en *Canción de hielo y fuego* de George R. R. Martin, la primera de una serie de novelas de fantasía que propone valiosas consideraciones acerca de la Guerra de los Cien Años y la Guerra de las Dos Rosas a través de una interpretación tan brillante como liberal de estas y muchas otras fuentes. Evidentemente, sería un error pretender encontrar paralelos directos entre los Lannisters y los Lancasters, aunque en realidad el ejercicio no distaría demasiado de quien busca comparar el *Ricardo III* de Shakespeare con su referente histórico. Aún así, no cabe duda de que tanto en *Ricardo III* como en *Canción de hielo y fuego* podemos encontrar valiosas apreciaciones acerca del comportamiento humano dadas ciertas circunstancias, equiparables a las que prevalecían en Inglaterra en el siglo XV. De la misma manera, un conocimiento minucioso de la coyuntura histórica que se atravesaba en aquel momento nos abriría las puertas a una mejor y más amplia comprensión del mensaje contenido en esas dos obras literarias, porque el intercambio entre los discursos de ficción y no ficción discurre, al fin y al cabo, en ambas direcciones.

La idea de estas breves líneas no es presentar argumentos a favor o en contra de un discurso por encima de otro. Al contrario, si algo debemos tener asumido es que, de la misma manera que los avances tecnológicos y científicos conseguidos a lo largo del siglo XX han desvirtuado prácticamente del todo la objetividad de cualquier percepción (después de todo, no hay observación que pueda prescindir de una perspectiva), la noción de la verdad, singular y absoluta, también se ha visto profundamente asediada en el siglo XXI. Abandonarla tal vez nos cueste demasiado, pero difícilmente podríamos resistirnos a la idea de que existen múltiples verdades, tantas, acaso, como existen puntos de vista –y no hay discurso que pueda ajustarse a una variedad infinita de verdades.

CARLOS FONSECA

El último

Nunca lo conocí. De él me quedan las escenas que logro imaginar a partir de las cinco cajas de archivo que la viuda me ha dejado. Anécdotas provistas por familiares, ediciones alemanas, inglesas y francesas de sus tres libros, descripciones de amigos que lo visitaron durante el retiro absoluto que marcó sus últimos años, un puñado de amarillentas fotos en las que aparece ya mayor, perdido entre sus fobias, rabiosamente ajeno. Guardo, incluso, una copia de un ensayo traducido al castellano por un antiguo estudiante suyo. Ese mismo estudiante paraguayo que años más tarde, vuelto profesor, me hablaría de ese hombre con el entusiasmo desmedido de quien cree haber conocido – aunque solo fuese por un año breve, acotado por los primeros malestares del viejo mentor – a un verdadero genio. Ese mismo antiguo alumno que años más tarde me convencería de viajar hasta los Alpes suizos, en busca de los archivos de un antropólogo del que yo ni siquiera había escuchado hablar. No. Nunca conocí a Karl-Heinz Von Mühlfeld, pero ahora que inmerso en su archivo recreo su vida como si de las siluetas de un rompecabezas se tratase, puedo imaginarlo perfectamente, perdido entre los largos pasillos de ese sanatorio caribeño en el que pasaría los últimos diez años de su vida: las manos escondidas tras los guantes blancos que había comenzado a llevar hacía décadas, la mascarilla siempre puesta, los pasos lentos de quien cree que todo paso más allá es un peligro. Puedo imaginarlo, encorvado sobre su propio cuerpo tal y como antes se había encorvado sobre sus obsesiones, prisionero de las mismas ideas fijas que años antes lo habían llevado a convertirse en un reconocido profesor de antropología. Un hombre que había llevado sus ideas al límite, para luego mirarse un día en el espejo y temblar de espanto.

A imaginar escenas así dedico las horas libres del día. El resto le pertenece al archivo. Es allí donde encuentro los datos que engalanan la biografía que algún día pienso publicar sobre tan excéntrico hombre. Es allí donde encuentro, por ejemplo, lo básico: la fecha de nacimiento, los estudios primarios, las fijaciones de adolescencia, las primeras incursiones en la antropología. Y es desde allí que logro esbozar breves y puntuales oraciones como esta: "Karl-Heinz Von Mühlfeld, defensor de la sociología de masas, nace el 15 de abril de 1932 en un pequeño pueblo a las afueras de München. Veintiséis años más tarde se doctora como antropólogo por la Universidad de París con una tesis titulada, según la traducción que años más tarde propondría un traductor paraguayo, *La imitación y el contagio: Tesis sobre la psicología de las masas populares*, obra marcada por la profunda influencia que el sociólogo francés Gabriel Tarde había dejado sobre el joven antropólogo. Obra cuya tesis principal es tan fácil de resumir como tan difícil de comprobar: en el corazón de la sociología moderna – marcada por el surgimiento del fenómeno de las masas populares – se encuentra el principio de la imitación como contagio. Es decir, el contagio produce cultura. La cultura no es sino contacto e imitación." Escribo cosas así con la única intención de llegar a entender a este hombre cuyas ideas luego llevarían a la demencia. Este hombre que un día decide – luego de años de haber vivido en la tumultuosa selva amazónica, luego de años de haber convivido junto a decenas de tribus amerindias, en el corazón de un mundo natural que no respetaba ley de pureza alguna – regresar a Europa, ponerse guantes blancos y alejarse de la sociedad como buen ermitaño, convencido como estaba de que el mundo era un nudo de impurezas, un enjambre de bacterias flotantes que un día lo llevarían a su propia muerte. Escribo datos aburridos como estos tratando de entender el momento preciso en el que una idea se convierte en su opuesto. Ese instante atroz y terrible en el que, sin pensarlo, un hombre se convierte en sus miedos. Entonces vuelvo a imaginarlo en su laberinto caribeño, perdido entre las enfermeras que de seguro lo miraban con extrañeza y compasión, balbuceando en alemán frases que de seguro nadie entendía excepto su enfermera privada, convencido de que nunca antes había sido tan racional como lo era ahora. Busco, en las cinco cajas que la viuda me regaló, la clave que me ayude a entender ese instante preciso en el que Karl-Heinz Von Mühlfeld comprende que su cuerpo sería el último refugio posible ante una realidad que lo avasallaba por todas partes.

No encuentro, sin embargo, más que contradicciones. Por ejemplo, acá: una fotografía en blanco y negro que lo ubica, corpulento y elegante, en plena selva, inmerso en cierto aura de aventura. En el reverso de la imagen encuentro una fecha y un lugar: *Paraguay, Departamento de Sandro Pedro, 1957*. Me digo que debe haber sido tomada en uno de esos viajes de campo que el joven antropólogo emprendería durante la segunda parte de los años cincuenta y de cuyas investigaciones se desprendería su segundo libro. Terminada la tesis doctoral, Von

Mühlfeld había llegado a obsesionarse con un fenómeno específico. Como quien intenta curarse mediante una poción homeopática, parecía convencido de que la única forma de demostrar sus tesis sobre la cultura del contagio era explorar el fracaso de los proyectos de pureza utópica. Le interesaba estudiar las historias y los fracasos de esas comunas utópicas que, desde mediados hasta finales del pasado siglo habían llevado a miles de europeos a arriesgar sus vidas en largos viajes a tierras sudamericanas. Alemán, indudable hijo de la posguerra, creía encontrar allí la expresión más clara y profética de la idea que años más tarde habría de llevar a su país a la ruina: la idea de que la verdadera cultura es siempre producto de la pureza. Le interesaba retratar la historia póstuma, mestiza e impura, ruinosa pero magnífica, de esos pueblos ahora olvidados bajo nombres varios: *Topolobampo, Colônia Cecília, Canudos, Nueva Australia, Nueva Germania.* Sociedades utópicas de las que, con el paso de los años solo quedaría, a modo de refutación absoluta de sus bases, el mestizaje bastardo entre Europa y América. En esos pueblos en los cuales hombres rubios hablaban guaraní encontraba la presencia irrefutable de nuevas modalidades de cultura. Pienso en cosas así y me digo que la fotografía debe haber sido tomada por esos años en los que Von Mühlfeld todavía creía en el poder de las ideas, cuando todavía era capaz de hundir las botas en el barro de la selva húmeda sin sentir los escalofríos que más tarde lo llevarían a la soledad y al aislamiento.

Debe de haber sido por esos mismos años que llegó a obsesionarse con una comuna en específico: aquella *Nueva Germania* que, en un delirio de grandeza aria, convencido de la superioridad de la cultura alemana, Bernhard Förster había decido fundar en 1886, a orillas del Río Aguaray. Como muchos otros, Von Mühlfeld había llegado a interesarse en la historia de *Nueva Germania* a raíz de una coincidencia biográfica. En aquella alucinante travesía que terminaría por depositar a catorce familias germanas en el corazón de la selva paraguaya, se encontraba una mujer que luego haría historia o, dicho de otro modo, se encargaría de reescribir la historia. Entre las pocas alemanas que completaron el trayecto se encontraba Elisabeth Förster-Nietzsche, hermana de Friedrich Nietzsche y esposa de Bernhard Förster. Apasionado lector de Nietzsche, Von Mühlfeld había llegado a interesarse en la siniestra figura de Elisabeth Förster-Nietzsche luego de leer, en unas de las primeras biografías publicadas en torno al filósofo, sobre el rol central que ella había tenido en la edición y recepción de su obra. Desde muy joven le había fascinando esa escena en la que el filósofo, tras ver cómo un cochero castigaba fuertemente a su caballo, lanza sus brazos sobre el caballo en gesto de compasión y en el acto sufre un colapso mental del que nunca volvería a recuperarse. Le gustaba imaginar aquella triste escena, ocurrida en las calles de Turín, como la síntesis de un pensamiento que llegaba a sus límites y se convertía en otra cosa: en las cartas demenciales que el propio Nietzsche enviaría años más tarde a su amiga Cosima Wagner, en los delirios megalómanos del propio filósofo enfermo, en la triste historia de la asimilación de su pensamiento a la creciente ideología del nazismo. En fin: en todo eso que el pensamiento de Nietzsche se convertiría una vez la viuda Elisabeth Förster-Nietzsche – luego del fracaso de *Nueva Germania* y el suicidio de su marido – desembarca de regreso en Alemania, con la convicción puesta en guiar la demencia de su hermano hacia los fangosos terrenos de su propia fantasía. Le fascinaba imaginar que, desde 1883 hasta el final de esa guerra entre cuyas ruinas había crecido, Nietzsche había sido leído como *el* filósofo de la *Nueva Germania*. Explorar el colapso y la supervivencia mestiza de aquel falso diorama perdido en tierras paraguayas era su manera de redimir a uno de sus filósofos favoritos de las garras inmisericordes de su propia hermana. Poco sabía Karl-Heinz Von Mühlfeld que las vidas a veces se empeñan en repetirse y que, tal y como el colapso de Nietzsche en Turín repetía una escena soñada en *Crimen y castigo*, él mismo terminaría sus días en una suerte de manicomio no tan distinto de aquel en el que Nietzsche pasó sus últimos días, perdido entre ideas que se negaban a saludar al mundo.

Ahora que, revisando fragmentos salteados del libro que surgió de todo aquello, vuelvo a leer sus tesis sobre la importancia del contacto corporal y físico sobre la construcción de la cultura, puedo imaginarlo en plena selva paraguaya, consciente de que su viaje repetía, en cierta medida, aquel fatídico viaje de Förster. Lo puedo imaginar, joven y valiente, cruzando a caballo un fangoso riachuelo, convencido de que su extraña pero valerosa repetición terminaría por reescribir como farsa aquello que antes había sido mera tragedia. Para ese entonces, me digo, era incapaz de vislumbrar los peligros que se escondían detrás de su lógica homeopática. Para ese entonces, me repito, no podía ni siquiera vislumbrar la frágil frontera que distingue a la cura del veneno, ni tampoco la frágil frontera que separa la razón de la locura. Lo puedo imaginar perfectamente, durmiendo al aire libre, de cara a los mosquitos y al calor de la tarde, totalmente ignorante de la frontera que acababa de cruzar. Y es que ese libro, que lleva el sugestivo título de *Unreinheit des Reinen* – traducido por mi mentor paraguayo como *La impureza de lo puro* – está repleto de fronteras: porosas fronteras entre su propia vida y la vida ajena, entre lo puro y lo impuro, entre la ficción que Von Mühlfeld creía vivir y aquella que poco a poco lograba infiltrarse entre tanta teoría abstracta. Quien ha leído *La impureza de lo puro* puede dar testimonio de que no se trata de un libro meramente teórico, sino de un libro en el que su autor se jugaba algo más. Un libro en el que el lector descubre un deseo autobiográfico: narrando el extraño destino de aquella colonia llamada *Nueva Germania*, Von Mühlfeld busca narrarse a sí mismo. Es un libro, por así decirlo, que admite muchas lecturas. Es un libro sobre aquella colonia utópica, pero es también un libro en el que el autor termina viéndose reflejado en la biografía de otro hombre: Nietzsche.

En las anécdotas que cuentan los pocos familiares y amigos que lo vieron durante esa época, la misma imagen se repite: la imagen de un hombre consumido no solo por sus teorías, sino por el alcance de sus pensamientos. Los que lo vieron durante el proceso de escritura, describen a un hombre cada vez más neurótico, que parecía encerrarse sobre su propio cuerpo con la misma furia con la que batallaba por deshacerse de la herencia atroz que la historia le había dado. Cuentan que viajó a Paraguay tres veces. Cada vez más arisco, más retraído, más ensimismado y lejano. A la tercera regresó más flaco que nunca, vistiendo los guantes blancos que llevaría por el resto de su vida. Dicen que en esa última ocasión, salió pocas veces de su casa, convencido como estaba de que la selva terminaría por infectarlo con algún virus mortal. Esa vez se dedicó simplemente a escribir.

Según leo en las anécdotas archivadas por su ahora difunta esposa, cuentan los que allí estuvieron que fue por esos días cuando paró de relacionarse con los habitantes de la región, con excepción de un indígena de mediana edad que lo ayudaba con los quehaceres y con la comida. Un indígena forastero al que llamaban el mudo, pues casi no hablaba la lengua local. Dos o tres veces a la semana, por los tres meses que duró esa estadía, el mudo salía a comprar los vegetales que luego cocinaba para su jefe. Decía poco y contaba menos, solamente lo absolutamente necesario para comunicarse. Luego regresaba inmediatamente a la vieja casa donde lo esperaba su patrón. A nosotros, los que no estuvimos allí, nos queda la tarea de imaginar la extraña soledad de lo que allí ocurría a puerta cerrada. A nosotros nos queda la tarea de imaginar al precozmente envejecido antropólogo tecleando en plena selva, los guantes blancos marcando el absurdo de la escena, mientras a su lado, el mudo permanecía callado a espera de nuevas órdenes. Una escena que adquiriría sentido décadas más tarde, cuando bajo el título de *El último* Von Mühlfeld publicara su libro final, en cuyas páginas quedaba retratada la triste biografía de aquel solitario indígena y, junto a ella, la verdadera razón de su silencio. Pero eso sería décadas después. Aquel verano de insufrible calor, todos los habitantes vieron otra cosa: una alianza inusual que más de una vez llevó al chisme y al rumor, una alianza entre un hombre que se negaba a comunicarse con el mundo y un hombre que se negaba a tocar al mundo. Vieron lo que luego verían sus amigos de la facultad a su regreso a Europa: vieron cómo Karl-Heinz Von Mühlfeld se escondía poco a poco detrás de su propio cuerpo, derrotado por las mismas ideas que en algún momento le habían regalado el mundo. Los viejos amigos, ahora enajenados, que lo vieron partir una tarde de febrero en el barco que lo llevaría de vuelta a Europa, sabían que aquel hombre no regresaría y que si lo hacía, sería irremediablemente otro. No se equivocaban: los guantes blancos que ahora lo caracterizaban eran el primer síntoma de un malestar mayor.

Esos viejos conocidos adivinaban lo que se avecinaba: la forma en la que, a su vuelta a Europa, Von Mühlfeld se escondería detrás de sus fobias y de sus malestares higiénicos. La forma en la que sus ideas, llegando al límite, se volcarían sobre su cuerpo con la furia de la peor venganza. A la historia, sin embargo, le gustan las contradicciones y los enigmas. La publicación, en 1970, de *La impureza de lo puro*, terminaría por consagrarlo como un enigma teórico, mientras en torno a él y sus guantes blancos comenzaban a crecer teorías y conspiraciones. En mucho ayudó su paulatina desaparición de los foros públicos, su progresiva adopción de anonimato y su encierro. Lo que le sigue a esa publicación tan esperada es puro silencio y misterio. Décadas en las que los miembros de la facultad solo podían adivinar el tema que lo ocupaba, las siluetas de ese libro que se decía el maestro trabajaba en silencio. Solo a Miguel Ángel Vera, sin embargo, le fue dada la oportunidad de ser testigo del proceso de escritura de aquel enigmático libro. Nunca sabremos qué vio el esotérico antropólogo en la figura raquítica de aquel joven estudiante paraguayo, pero la verdad es que fue a él al único que permitió entrar en la intimidad de su hogar. Años más tarde, Vera describiría para mí aquella casa con la precisión de un pintor realista: el minimalismo absoluto, la atmósfera de pieza de hotel, la forma en la que tres empleadas parecían limpiar la casa constantemente. Todo era blanco en aquella casa, todo parecía desaparecer detrás de un horizonte pulcro, menos el tablero de ajedrez ubicado en el centro de la sala. Todas las tardes, por los primeros nueve meses de 1971, Miguel Ángel Vera compartió junto al maestro el único pasatiempo que parecía distraerlo de sus ideas fijas y de sus fobias. Todas las tardes, según me contaría años más tarde, Vera se presentaba a las dos en la puerta del maestro. Jugaban tres horas, al cabo de las cuales, con una exactitud que siempre admiró, Von Mühlfeld cantaba el jaque mate, se disculpaba con un gesto excesivamente noble y desaparecía pasillo abajo, tras una serie de puertas que al joven Vera le estaban vedadas. En más de una ocasión, mientras terminaba la copa de vino blanco que siempre le servían, Vera escuchó el rumor de un teclado proveniente de la habitación del maestro e intuyó que detrás de aquellas puertas se gestaba un nuevo libro. No se equivocaba: quince años más tarde, en 1986, diez años antes de su muerte, aparecía publicado, sin anuncio alguno, *El último.*

Cuando apareció, muchos creyeron que *El último* simplemente retrataba los delirios tardíos de un hombre loco. Otros creyeron que se trataba de un nuevo rumbo en los trabajos de Von Mühlfeld. Solo los viejos amigos que lo conocían de su época paraguaya pudieron reconocer, en la figura del protagonista, la silueta silenciosa de su antiguo acompañante. Solo ellos pudieron reconocer, en el taciturno aura de aquel hombre, la silueta de *el mudo*. Comprendieron entonces su silencio. *El último* narra la biografía de un hombre singular: un indígena condenado al silencio por la paulatina desaparición de su propio idioma. A través de una biografía que por momentos toma vuelos teóricos, Von Mühlfeld reflexiona sobre la desaparición de las lenguas autóctonas y sobre la soledad de las culturas indígenas. Como argumentó más de una reseñista, se trata de un libro que parece ir en contra de cada una de las teorías previas de su autor. Si la cultura es contagio, si toda cultura es impura – argumentaron muchos – no existe entonces tal cosa como la desaparición de una cultura, sino su transmutación. Poco podían importarle al viejo antropólogo tales críticas, inmerso como estaba en su propia reflexión, en un idioma privado que terminaría por llevarlo a la parálisis y a la inacción. Como a él, poco me importan a mí también tales críticas. Prefiero regresar a ese verano paraguayo e imaginarlos a ambos – el antropólogo y *el mudo* – sentados lado a lado, polos opuestos de un mundo en ruinas que se había encargado de exiliarlos. Me gusta imaginar que años más tarde, perdido en un sanatorio caribeño, prisionero de una fobia higiénica que lo llevaría hasta la parálisis, Von Mühlfeld reconocería en el solitario periplo de *el mudo* un reflejo de su propia travesía. Tal vez entonces comprendió que también él era el último y que su condena era repetir tardíamente, tal vez en clave de farsa, aquella tragedia que un siglo antes había vivido Nietzsche tras caer en las garras de su hermana. Tal vez entonces, Von Mühlfeld comprendió que, como el filósofo, tampoco él estaba a salvo de las garras del nazismo. Poco podía hacer para ese entonces, paralizado como estaba en una silla de cara al Mar Caribe. Nietzsche, repitió entonces, había sido el primero. Tal vez él sería el último.

GUILLERMO BARQUERO

Lenguas artificiales

En su opus magnum, *Visiones antiproféticas*, Fernando Oreamuno hace alusión a las palabras que intercambió con el ministro Rojas Villelo, antes de que éste fuera elegido ministro. Cuando un periodista llegó hasta la página 488 y leyó los pormenores de ese encuentro, al parecer llevado a cabo en un ambiente familiar, de mangas arrolladas y tragos en vasos anchos y bajos, dio la voz de alarma. Los periodistas no suelen leer libros tan gruesos: se aburren rápido, los encuentran pretenciosos y faltos de lo que llaman "ritmo periodístico".

Después de la primicia, todos leyeron cada una de las páginas entre la 476 y la 494, pertenecientes al capítulo 10 de la obra. Fernando Oreamuno desmintió que lo escrito fuera estrictamente cierto. Cuando declaró ante la opinión pública, tras el emplazamiento animal del que fue víctima, usó palabras como *maremágnum, aherrojar* y, notablemente varias veces, *ficcional*. Parecía que estaba hablando en una lengua artificial, no en esperanto ni en volapük, que tienden a reducir el vocabulario a raíces sencillas y construcciones gramaticales de fácil derivación, sino en una que extendiera las ideas hasta el infinito, de manera torpe y verborreica. Después de las dos primeras semanas de entrevistas, encuentros poco agradables, agresividad de periodistas y directores de periódicos y noticieros televisivos, golpearon a la puerta de mi casa unos nudillos que sonaron como a huesos rotos. Era él.

Dijo dos o tres veces, antes de pedirme una cerveza o cualquier cosa con alcohol, que lo andaban buscando para matarlo, porque había arruinado la carrera política del ministro Rojas Villelo. Instintivamente, cuando Fernando fue al servicio a lavarse las manos —me pareció improcedente y estúpido—, me asomé a la calle, apartando dos celosías de un material brillante y metálico; podía ser que el centro de una mira telescópica estuviera apuntándonos en medio de la frente, alternando entre la piel arrugada y manchada de Fernando y la lisa y morena mía. Los ojos de Fernando parecían dos pequeños cráteres huecos, cuando volvió y me preguntó si podía fumar. Le pregunté cómo sabía que lo andaban buscando para matarlo. Los asesinos, respondió, los asesinos. No entendí. Le pregunté de nuevo. Es pura ficción, vos sabés, yo te enseñé el manuscrito, dijo con un tono plañidero, como el de un animal destazado que se cociera vivo.

Sí, Fernando me había enseñado el manuscrito de la novela de 752 páginas, mucho antes de ser publicado. Nada de eso me había parecido ficción, o todo lo falso estaba tan entreverado con lo auténtico, que al final no importaba la diferenciación de los hechos como vividos o creados. Aunque parecía que al ministro Rojas Villelo sí le había importado, según Fernando. Me pidió un cigarro, y yo misma se lo encendí; le temblaban las manos, aunque parecía más de frío que de miedo, de ese pavor escalofriante de los que saben que tienen menos de una hora antes de estar muertos. Miré con la atención que la oscuridad permitía sus dedos callosos. Desde que tenía uso de conciencia, y hasta que cumplió los 21 años, había tocado piano. Los dedos se le habían deformado; parecían tubérculos. Tomaba el cigarro con una lentitud deliberada, como actuando para la mira telescópica. Había dejado el piano, cuando recién comenzaba a sentirse satisfecho de sus interpretaciones de retazos de Rachmaninoff, y porque su padre había hecho una serie de movidas políticas para meterlo a trabajar en uno de los despachos menos conspicuos del gobierno central, una especie de inodoro con computador, un remedo de trabajo serio. Había mandado al carajo al padre; se había despedido de la madre, abandonando su casa, dedicado a una variedad de oficios que no solo le habían deformado los dedos, sino el cráneo, la lengua, los codos, los tobillos.

Se acomodó los lentes; me dijo que era horrendo saber que uno se iba a morir. Lo dijo claramente, a pesar del tremor ridículo de la voz. Fumaba con aplicación. Cada vez que se llevaba el cigarro a los labios, me parecía que estaba tocando unas teclas invisibles de humo. Creí estar viendo un mamífero blanco y flaco, sin clasificación taxonómica. Mariela, me dijo, ahora que había logrado algo, maldita mierda… no le respondí más que con la mano en su hombro, en el trillado gesto de consuelo. No solo me sentía impotente, sino que lo era. Pensaba en partituras y dedos contrahechos y miseria y rabia, cuando me interrumpió con la historia de la moneda de las Antillas Holandesas. Te digo, dijo mirándome a los ojos —los suyos seguían pareciendo huecos sin vida—, que no he visto cosa más rara; ni la veré, ni tendré tiempo de verla. Hablaba de la colección de monedas que había tenido que vender, en una de las épocas de peor miseria. Había ido despojándose de cada una de las piezas, según la importancia en su imaginario. Primero las de América Latina, después las de los países balcánicos, después las de África. Luego una de China que tenía un agujero en el centro, como una dona aplastada y cobriza. La de las Antillas Holandesas fue la última. Era una moneda cuadrada. Ahí se me terminó de ir la vida, dijo, dramáticamente. Melodramáticamente, pensé. Cómo con una moneda se le iba a ir la vida a uno. Miré las celosías. Le dije que nos fuéramos a la cocina, que no daba a la calle. No asintió, pero tomó el cenicero y me hizo seguirlo, silencioso; sentía que me habían cortado la lengua. Seguramente él sentía que le habían sacado los ojos, o que lo habían desollado vivo.

Comenzó a hablar de los miles de detalles de cada una de las inscripciones de cada una de las cuñas de cada una de las monedas que recordaba, que eran muchas; aparecían pozos petroleros, dinosaurios, tendidos eléctricos y mercados al aire libre, todos en miniaturas imposibles. Su conversación no conducía a nada. No era un verdadero diálogo, sino una especie de soliloquio demente que yo interrumpía de tanto en tanto, para hacer alguna indicación inocua. No hubiera podido decir mucho más. Mariela, dijo, todo se reduce a la pérdida, a la puta pérdida. No sabía si estaba hablando de las monedas, del piano o de su vida, pero creo que daba lo mismo. Se lo pregunté. La respuesta fue ambigua: todo y nada, Mariela. Se servía de una botella que le había llevado para no tener que hacer desplazamientos innecesarios dentro de la casa. Mariela, si nos movemos, nos arrancan la cabeza de un plomazo, dijo, no sé si en broma o en serio o mezclando ambas cosas. Su boca parecía la de un oso, arrugada y brillante. Según el capítulo 2 del manuscrito que yo había leído, años atrás, las aficiones de coleccionista de Fernando, según su narración trabajosa y lenta, eran parte de su experiencia vital. En su infancia, al tiempo que llegaba a dominar el piano como "instrumento completo de ejecución clásica", iba descartando la guitarra, el violín y cualquier otro instrumento de cuerda, por sus limitaciones en la representación completa de un mundo abstracto, fabricado con sonidos escritos en una partitura. Todo lo había ido descartando por cuenta propia. Eso no me lo contaba en esos momentos, en los que solo fumaba, gruñía un par de palabras ininteligibles, explicaba un par de cosas con el par de huecos brillosos clavándose en una pared inexistente que nos rodeaba. Se puso de pie; la gente nerviosa siempre se incorpora y se acuesta, se sienta, toca una mano con la otra, reconoce la futilidad del propio cuerpo, enciende un cigarro, inhala, se enloquece con un mutismo ciego. Mirá, cuando me di cuenta de las posibilidades infinitas del piano como instrumento, dijo, como recitando varios párrafos de *Visiones antiproféticas*, renuncié a todo lo demás. Y luego vino el abandono obligado. Y luego los viajes, las mudanzas continuas, los estudios. Los cambios eternos. La palabra *eternos* sonó más falsa que el resto. Se trataba de una representación sin sentido, un teatro de sombras. Sonó el teléfono. Mariela, no contestés, son ellos, dijo Fernando, sin mirarme a los ojos con sus huecos oleaginosos. No tienen por qué saber mi número, contesté, puede ser mi mamá. No es tu mamá, son ellos. Conozco los métodos de la gente que me quiere matar, los ruidos en la medianoche, las llamadas desprevenidas y amables; los lacitos encima de los regalos; las invitaciones… las invitaciones… en Barcelona trataron de matarme, hace doce años. El hotel se llamaba Toledo. ¿Un hotel que se llama Toledo, en Barcelona? Debe de haber hoteles con ese nombre en todo el mundo, hasta en Sydney o… no sé, Volgorod, o donde sea. Al tipo lo habían mandado desde acá, los perros rabiosos. Me siguió desde la plaza del centro, la Cataluña, hasta el balcón de uno de los cuartos que daba a una sala de espera, desde la que se veían las cabezas y los tráficos, abajo, en la calle, los negocios de los chulos y los drogos.

La explicación de Fernando se expandía incontenjblemente en el tiempo. Hablaba manchas, no palabras. ¿Recitaba el capítulo 13 del libro, "Experiencias europeas"? Sonó el teléfono de nuevo. Interrumpió su discurso. Fernando, tengo que contestar. Me puse de pie. Sentado, poniéndome los ojos encima de la cara, como pocas veces desde que había llegado, me tomó la muñeca derecha, con fuerza pero sin violencia. Son ellos, Mariela, ¿no te das cuenta? Pensé en la posibilidad de que realmente fueran ellos, los asistentes del ministro, o los matones del presidente, o los hombres anónimos y borrosos de los servicios de inteligencia, en un país donde no había tales servicios, y seguramente eran sustituciones de asesinos callejeros, relevos que se daban en el tiempo, hasta que alguien cantara o se hiciera el gracioso o el inteligente. Los matones matan, solamente, no tienen que pensar, pensé. Le iba a decir eso en voz alta, pero en su lugar lo interrumpí diciéndole que no tenía sentido eso de que lo hubieran estado persiguiendo en su viaje a Barcelona, porque eso había sido algunos años atrás, antes de lo del ministro Rojas Villelo, y lo de la Cámara, y lo de los préstamos fallidos; eso fue mucho antes de tu libro. Sí, Mariela, mucho antes, pero los esbirros de mi padre son pestes antediluvianas. Nadie, al hablar, por más nerviosismo que sintiese, usaba ninguna de esas palabras, huecas y dramáticas. Tragó lo que le quedaba en el vaso. La botella, que yo había sacado de una despensa, casi llena, tenía menos de un cuarto de un contenido levemente amarillento. No parecía estar borracho, solo demente, fosilizado en su locura. ¿Cuáles esbirros?, pregunté. Los de mi padre, el gran Rogelio Oreamuno Álvarez; sus matones anónimos, sus efebos dispuestos a hacer todo por unos pocos billetes. Puros fines pecuniarios. Imaginé estar borracha en los segundos de silencio que siguieron a la historia de los esbirros efebos que buscaban saciar sus fines pecuniarios mediante el asesinato a sueldo, desde Barcelona hasta México. Yo no había tomado ni una sola gota de alcohol; las palabras de Fernando eran escupidas en una nube tóxica, maloliente. El ambiente apestaba. Sonó el teléfono de nuevo. Me puse de pie. Fernando hizo lo mismo, pesada y lentamente. Pensé en que una figura moribunda siempre es más ominosa en los segundos anteriores a la muerte. El perro de Rogelio Oreamuno, te lo puedo asegurar. Eran las once y media de la noche; me pareció tarde para que alguien me llamara —¿algún accidente familiar?, ¿alguna llamada equivocada?, ¿una broma deliberada? Fernando no me dejó alcanzar el aparato verde, que seguía sonando enloquecido, una vez, y otra, y otra, hasta cortarse. Me detuvo con algún nivel de violencia, pero una clase de violencia imperceptible, desmañada, un ligero tirón de sus dedos deformados, una mueca que no quería decir nada. Nos sentamos de nuevo. Comencé a sentir sueño.

En la página 325 del libro, menciono los episodios de violencia gratuita, dijo Fernando, apenas con un asomo de lengua pegada al paladar, enorme y babosa. No recordaba la página 325, por supuesto; asentí, para que siguiera con el relato de la violencia gratuita. Se detuvo. Encendió un cigarro. Golpeó la mesa, con un cierto ritmo oscuro. Un golpe largo, uno corto, otro corto, uno largo de nuevo. Un posible mensaje en clave Morse. Eso es código Morse, dije, clavándole los ojos al monigote de ojos de petróleo, que se llevó nerviosamente el cigarro a los labios, que lo alejó, se lo volvió a llevar a ese hueco dentado y terminó envuelto en una capa de humo. Sí, lo aprendí justo después de abandonar la casa, dijo, hablando con una voz distinta. Inmediatamente se fue a la página 298, en la que relataba cómo había aprendido esa clave de golpecitos cortos y largos de su abuela, quien prensaba una cuchara con tres dedos de la mano derecha, y hacía percutir la punta redonda y brillante con la mano libre, en franca imitación de un aparato. Esa sección terminaba en la página 305. Me sorprendió la precisión en los recuerdos, como si estuviera leyendo una versión microfilmada y proyectada de *Visiones antiproféticas*. O inventaba el número de las páginas al paso, según la necesidad y el tumulto de olvidos sucesivos. Comenzó a decir nombres sueltos; parecían títulos de canciones, o de libros, o ideas sin hilar y sin ilación posible: Caminos dentro de las ciudades. Las ventajas de la ira. Alarmas para vertebrados insolentes. Los padres y sus hijos rabiosos. Se quedó callado, súbitamente. El último nombre lo recordé: uno de los extravagantes nombres de los títulos de su libro. Terminó el vaso del que bebía. La botella se había acabado. Mariela, ¿tenés algo más? Le dije que no, aunque sabía que en una de las gavetas de la despensa había media botella de un licor de anís que guardaba como digestivo, y que tenía años de estarse consumiendo lentamente. Tenés que tener algo más, dijo Fernando, sin mirarme. Eran las doce y cuarenta y cinco. O la una, o un tiempo sin hora, un parche negro de recuerdos malhadados y sucios y salidos de la boca de un borracho asustado. Los borrachos asustados son seres que conocen la caída de cerca, que saben lo que es estar dentro de la mano enguantada de un muerto. Había fumado ya no sé cuántos cigarros. Había dos ceniceros atestados de colillas fétidas.

Caminé agachada hacia la despensa. Pensaba en una ráfaga de balas de los esbirros como pestes antediluvianas. Fernando golpeaba la mesa y hablaba en voz alta, en una corriente de palabras que salían de sus labios sin control, una serie ininterrumpida de monosílabos y expresiones disonantes y frases cortadas y posibles recuerdos inexpresables que lo agotaban y lo golpeaban como demonios. El licor de anís olía a algo que no era anís ni licor, sino un trasunto viejo y deformado que mezclaba la esencia de ambas cosas malignamente; una chicha de momias. Fue en la peor época cuando tuve que dedicarme a esto, Mariela, dijo, mirando el contenido del vaso a contraluz. Había sido contrabandista de licores, vendedor de productos importados —cremas para el cutis, desodorantes, maquillaje para los ojos y pinturas de labios—, comerciante de artículos ilegales. Se me adelantó a la pregunta que cómo había hecho para conseguir puestos en el gobierno con esos antecedentes, diciendo simplemente: estas cosas no tienen por qué saberse. Su padre, según contó, ya con la voz embrutecida y más lenta y trabajosa, era el controlador de todos los periódicos del país, una especie de William Randolph Hearst más patético que el William Randolph Hearst que existió y que saboteó a Orson Welles. Un magnate de los medios, un controlador, un maldito maniático del control (todo eso estaba entre las páginas 521 y 538). Por eso saqué el libro, dijo, apagando el cigarro; debía de sentir el cuerpo hueco, o cada una de sus cavidades ocupadas por el humo y el odio. Por eso publiqué el libro, repitió. Esperé a que siguiera con el relato, el dulce relato de la venganza y la caída de una suerte de imperio familiar, pero no siguió. Tragaba el licor de anís como asqueado por el olor que había invadido la cocina.

La poliglosis es una de las virtudes más subyugantes del ser humano, que es capaz de bajar a través de capas y capas de divergencias lingüísticas, para llegar finalmente a una lengua única e indivisible, como la versión oral del átomo, o de lo que fue el átomo. Todo eso lo dijo como en trance; no hablaba conmigo, o lo hacía con la versión atómica o partida o fantasmal de mí misma, sentada a su lado. Me dio miedo. Luego pensé en sus "desopilantes palabrejas abyectas" (capítulo 25: "Los insultos de plomo"). O me estaba quedando dormida, o Fernando se había convertido en un perro que hablaba, o un caballo como el del programa de la televisión, o seguramente las palabras se amontonan de formas impensables y fluidas y sin lógica antes de la muerte, y sólo en esos momentos comencé a reparar en ello, mientras Fernando soltaba sus hilitos de humo. Tenía sueño, se lo dije. Sabía que, a pesar del cansancio extremo, no tenía excusa para escaparme de Fernando: era un sábado por la noche, sin compromisos al día siguiente, en mi propia casa, sobria y casi muda. No sabés lo que es ser perseguido por alguien que te huele el sudor de la nuca, sentenció casi al mismo tiempo que terminaba de vaciar la botella del licor de anís. Todo olía a anís. Estábamos en una estancia de anís, pesada y opresora. *Sith anan kriesorij*, dijo Fernando. Cuando la gente se emborracha, comienza a hablar las lenguas que conoce mejor, además de la materna, pensé. Repitió las palabras, una y otra vez, soltando una nube tóxica. Eso no era ni inglés ni francés. Ni italiano. ¿Ruso? Me dio risa, un pequeño ataque lleno de lástima y de sueño. Él siguió repitiendo esa especie de mantra que le permitía alejar al fantasma del ministro Rojas Villelo, o que lo comunicaba con su papá, el perro de los esbirros antediluvianos, o que lo sumía en el duermevela de una hora que estaba en el límite de la madrugada, un tiempo de ojeras y náuseas de anís y cigarro. Estás putamente loco, le dije, con la risa hiposa e incontrolable. Mariela, es el capítulo 4, el de las lenguas artificiales. Fernando dominaba varios idiomas y, cuando abandonó el piano y la música y se metió en el contrabando, se dedicó a la perfección de esa especie de lengua absoluta que aboliría cualquier intento de poliglosis, paradójicamente. Me comenzó a explicar la diferencia entre las lenguas artificiales auténticas y las falsas, o pseudolenguas, sus reglas, giros y formas de reconocimiento entre ellas. A las dos o tres de la mañana, una explicación de esas puede ser vertiginosa o mortal. Invocaba toda suerte de escritos que había leído y desarrollado, haciendo figuras con los dedos en el aire; era la primera vez que veía moverse algo suyo que no fueran sus labios. No me miraba, solamente formaba figuras de humo de cigarro y anís en el aire enrarecido de la cocina, de donde no nos habíamos movido. Si afuera había una horda de francotiradores apostados en los árboles de pino del otro lado de la calle, seguramente tendrían sus miras puestas en el humo y la fetidez y la luz cetrina y las palabras de Fernando, en sus huecos inexpresivos de petróleo, en los dedos que dibujaban frases extranjeras o de sitios que no existían o de rincones dementes en los que solo vivía Fernando, y sólo el hablaba, y donde sólo él ponía unas reglas inexorables.

Fernando, es tarde, creo que mejor terminamos, interrumpí. Se detuvo con un dedo torcido que señalaba un fantasma. Mariela, no me puedo ir, si salgo me acribillan los matones del perro ese, dijo, con la lengua enredada; el apéndice parecía haberle crecido, espumoso y omnipresente, ominoso como un cadáver dentro de su boca. Mariela, rogó, tenés que hacer algo, tenés que dejar que me quede aquí, o matar a todos o balear a todos. Fernando, estás borracho. No estoy borracho. Fernando, no te va a pasar nada, ya hubieran tocado a la puerta o algo, o nos hubieran llamado para amenazarnos, dije, sin reflexionar en la imposibilidad de que conocieran mi número, y en que no había contestado ninguna de las llamadas, que podían ser de los esbirros antediluvianos del padre de Fernando que no conocían mi número ni sabían quién diablos era yo. Todo estaba hecho de imposibilidades, posibilidades y contingencias, como en *Visiones antiproféticas*. Todo estaba durando demasiado, y se lo dije a Fernando, quien apuntaba con un nuevo cigarro, aún sin encender, hacia su sien izquierda, señalando como un pájaro enfermo y necio que lo iban a matar, que lo iban a balear, que lo iban a destrozar. A tajadear, a trozar, a descuartizar. Un pajarito loco en la madrugada, patético y triste.

Me puse de pie, llegué hasta la puerta de la casa y le quité los dos seguros. Volví a la cocina, y ya Fernando había encendido el arma de fuego light con 0.5 miligramos de nicotina. Fernando, no te va a pasar nada. Se puso de pie. De haber previsto algo, habría sido un golpe de ese cuerpo de dedos torcidos y patetismo de 752 páginas, no su lengua dentro de mi boca, que no rehusé por la velocidad de un movimiento imprevisible en un borracho. El apéndice se movió y tocó mis incisivos, el paladar y apenas rozó mi lengua atrofiada por el cansancio. Se separó sin decir palabra, llevándose la fetidez de su cigarro hasta la puerta, que cerró con la torpeza esperable. La mezcla del anís y del humo coagulado de cigarro aún permanecía en mi boca cuando me asomé por las persianas para buscar a los asesinos o al cuerpo tambaleante o las señales de la madrugada, su peso y su rocío, el frío insoportable o el sueño que se me arrancó con una brusquedad insolente.

ADRIANA DÍAZ ENCISO

Odio

(Fragmentos de la novela)

No recuerdo mi edad. No recuerdo mi nombre ni mi rostro. De mí, sé que me duele el cuerpo. Se queja como madera podrida al levantarme. Camino por toda la casa con pasos lentos, cansinos, sin voluntad, y a veces un muro me devuelve la triste silueta de mi figura encorvada. A veces pienso que camino pero después me doy cuenta de que me he quedado de pie, inmóvil, en cualquier sitio, hasta que afuera las luces se apagan por completo. Otras veces me quedo en la cama todo el día, casi sin respirar, y me concentro solamente en los cambios de la luz, la forma en que va desplazando las sombras.

Pero llevo, con palabras, un registro del tiempo. Si después me confundo es por el desorden de las palabras, por las hojas sueltas, los cuadernos abiertos por todas partes, las páginas arrancadas que el viento enreda en los árboles desnudos del patio. Mi relación no está marcada con fechas. Intento más bien registrar las formas de los objetos, su consistencia, la naturaleza y el ritmo que persiguen las siluetas de las cosas, el peso de su silencio. Eso es lo único que me puede traer de vuelta los recuerdos, lo único que puede a su vez convertirse en recuerdo, desencadenar la ilación del pensamiento y devolverme a mí, con un nombre, con alguna seña de identidad que me diga un día quién soy, y qué lugar ocupo exactamente en todo esto.

Afuera hay gente que ha perdido el rostro. Gente despedazada, gente muerta. Por las noches los oigo llorar. A veces quisiera hablar con ellos pero no sé cómo. Son fantasmas. Esta misma mañana decidí contar la historia de algunos; gente de mi barrio que un día simplemente dejó de pasar frente a mi ventana, que dejó de tomar el autobús en la parada al otro lado de la acera. Gente que desapareció, a pesar de haber tenido un nombre, una identidad, una familia, una historia, un trabajo. Me puse a escribir en un cuaderno rayado y me fui muy lejos, hasta años atrás, antes, mucho antes de que esa gente naciera; me fui a otros pueblos y quise ver el rostro de sus abuelos, oír sus voces, su acento, ver qué brillo tenían en la mirada, las arrugas que surcaban su rostro. Me quedé oyendo a los niños gritando y riendo en una plaza entre el olor de los naranjos. Incongruentemente, vi a mi madre salir de una iglesia de paredes desnudas y encaladas. Llevaba una pañoleta en la cabeza, y era muy joven y hermosa. No me reconoció. Quizá aún no me conocía, o yo no estaba ahí, en esa banca de hierro pintada de verde de la plaza, mirándolo todo en silencio, tomando nota por dentro, delineando las formas en una pizarra que tengo en la cabeza.

La imagen se disolvió como pinceladas blancas temblando en un sol intenso.

He pasado todo el día queriendo darle forma a esa historia, pero se me ha ido de las manos. Entre más líneas escribo, con letra cada vez más ilegible, más desesperada, es como si quisiera atrapar una jauría de perros que corren persiguiendo a su vez otra cosa, la historia misma quizá, esa historia que van a despedazar con los dientes antes de que yo logre alcanzarla.

No tiene sentido. La mía es una carrera inútil, perdida de antemano. Cierro el cuaderno. Voy a dejar este cuaderno aquí, debajo de la silla. Ya casi es de noche y confío en que la oscuridad termine de ocultarlo. Así me olvido de él, de este nuevo fracaso. Me quedo inmóvil de nuevo, intento sentir lo que es no estar, pero mis esfuerzos no se ven recompensados. Me es negada la quietud, el silencio extendido hasta los confines de la tierra que me demostraría que he dejado de existir. Hay signos que vienen de mí, que me colocan en mi espacio con una obstinación ciega y cruel. No soporto su inevitabilidad, su exactitud. Esperar su desvanecimiento en la oscuridad sólo logra acentuar su peso, su constancia. Existo. Basta.

No soporto más este zumbido en los oídos, prueba innegable de mi presencia. Me sigue a todas partes, implacable, como un eco burlón. Dejo escapar un gemido y me sobresalto. ¿Es ésta mi voz? ¿Y quién le dio permiso de soltarse, de salir de mí? Lo pregunto en voz alta, para oírme de nuevo. Mi voz me da miedo; es una resonancia real, un hecho físico sin significados. Temo lo que pueda reconocer en este torrente de sonido que lame los muros, que sube hasta el techo y baja como una entidad ajena ocultándose tras mis espaldas, dispuesta a saltar sobre mí; temo el origen de este jadeo de animal salvaje. Quiero escucharme y a la vez me invade el pánico. Me llevo una mano a la boca, me interrumpo. En absoluto silencio, sin hablar siquiera en voz baja, sin enunciar una sola palabra ni mover los labios, ruego porque cese este zumbido. No puedo integrarme al mundo si voy rebotando dentro de una sonaja, si soy como el chiflido agudo generándose adentro de un silbato.

Quisiera escuchar música, para huir, para vencerlo. La música son olas que arrastran, un vendaval que confunde todos los rostros, las historias; una bocanada anónima y perfecta de humanidad. Pero el zumbido me aturde, me hace perder la orientación; tropiezo. Camino en círculos ciegos junto a la oscuridad que es la ventana y sé que no podré avanzar. Me extraviaré entre escaleras y pasillos, no llegaré jamás hasta la música. Trato de cantar dentro de mi cabeza y me llegan de algún lugar estas palabras, *I've had my face dragged in fifteen miles of shit, and I do not and I do not, and I do not like it.* Escucho la voz, sonora y lastimera a la vez, rabiosa y sin embargo contenida que las canta. ¿Cómo es posible que recuerde esa voz, las palabras entonadas por una voz ajena, la emoción precisa que proyectan, y que no pueda adivinar quién soy?

Me miro las manos. La palma de las manos. Es que tal vez sí lo sé. Hay una pulsación, un dolor leve, como recordado, que atraviesa la palma de mi mano derecha como una línea muy delgada, como un camino abierto entre un montículo de tierra. Supongo que si admito que conozco la historia de los hombres que han desaparecido en la calle, los hombres y mujeres que jamás volverán a tomar el autobús, y si identifico nombres con rostros y lugares: Londres, París, Sahara, Vallarta, Medellín, Kabul, Torre Bermeja, entonces quizá pueda salir a la calle y hablar, "esta piedra roja es el centro de Bagdad", ocupar mi lugar entre los hombres, interpelarlos, "esta hambre son las planicies de África", y esperar a que hablen y que me digan ellos mismos quién soy.

Aunque me cueste la vida; aunque me encuentre el hombre desconocido y termine por matarme.

so how can anybody say they know how I feel? The only one around here who is me, is me…

Pero ella se fue, cerró la puerta, haciendo retumbar los muros de la casa, y me dejó aquí. Me dejó la llave, eso dijo antes de marcharse con voz cantarina, pero yo debo haberla guardado en un cajón y lo he olvidado, durante años. Ahora no la encuentro, la perdí desde el primer instante y no puedo salir. A veces me pregunto si ella se fue realmente, o si sólo cerró la puerta con esa violencia para engañarme y se quedó dentro, si acecha entre las sombras, y entonces el terror no me deja dormir.

Debe ser así. Este no es mi miedo. Es su miedo. Ella está aquí, en la casa, y es su miedo lo que yo respiro y confundo como mío. Eso me digo en las mañanas, en cuanto me toca el rostro el primer rayo de sol. Incluso ha habido noches en que he ido a buscarla. Noches en que la he encontrado, dormida, con el ceño fruncido a pesar de que duerme, su angustia iluminada por la luz débil de la noche que entra por la ventana. Me la he quedado mirando. He visto su mano delgada, como la mía, un tanto crispada junto a la almohada. Alguna vez tomé su mano entre las mías. No tengas miedo, le dije, susurré apenas, apretándole la mano con fuerza, y aunque la angustia seguía pintada en su rostro, la calidez de su mano era como un amuleto, como el corazón de un pájaro; sentía su sangre como mía, y ese contacto íntimo y desesperado bajo la luz plateada y nocturna era una forma de triunfo. Sobre el miedo, sobre la orfandad.

Pero otras veces su mano estaba fría, más fría que los muros, más fría que las losas desnudas del suelo. Estaba muerta. He gritado noches enteras, he estrellado contra el muro sus delicados adornos de cristal, he roto platos y tazas, papeles y papeles, he pateado muebles, me he dado de puñetazos en la cara, ¡déjame salir!, he gritado, he buscado inútilmente la puerta de esta casa. Son las noches en que concilio el sueño por puro agotamiento, lloriqueando, temblando contra un rincón, como un bulto de ropa vieja.

Las sombras de la casa me persiguen entonces hasta el sueño. El desconocido me aprieta la garganta con manos heladas, tensas, nerviosas. Sus dedos son enormes y tienen la contundencia física del animal. No puedo respirar ni verle el rostro. Con el rabillo del ojo veo cómo se mueve su sombrero, y siento, en las yemas de sus dedos encajadas en mi garganta, la enormidad del esfuerzo que tiene que hacer para inmovilizarme, para dominar mi cuerpo y los restos de mi voluntad, para extinguirme con una violencia profundísima que en nada se parece al sereno extinguirse de la luz de una vela, aunque igualmente nadie me oiga, nadie en la noche se entere de mi desaparición, de mi huida del cuerpo, de este abandonar la vida tan cargado de angustia e intolerable soledad. Qué haré con el miedo. Qué haré con el miedo me pregunto aún con la última bocanada de aire. Y no puedo despertar, porque cuando parece que ha llegado por fin el día yo aún tengo las marcas de sus dedos en la piel blanca del cuello, y al pasar saliva me duele la garganta, un dolor como preámbulo del llanto sin que lleguen jamás las lágrimas, y entonces me vuelvo a mirarme y estoy ahí, en el rincón todavía, temblando, ese montón de ropa vieja.

De pronto me doy cuenta de que al otro lado de la ventana hay una niña. Es una niñita agazapada contra el vidrio, viendo hacia dentro. No debe tener más de cinco años. En la oscuridad que avanza afuera, casi noche ya, definitiva, confundí su figura con las sombras, y ahora que la luz de un auto que pasa a lo lejos, casi inaudible, descubre su rostro blanco que me mira, no puedo evitar un sobresalto. Confundida ntre los arbustos, muy quieta, en una inmovilidad perturbadora, la queña me mira con una expresión en el rostro de absoluta seriedad. ne unos ojos enormes, que parecen claros aún entre las sombras. La ita es de muñeca, resaltando oscura entre las mejillas regordetas, la en ese gesto grave y concentrado con que me observa. Lleva lo de extraordinaria blancura que resplandece bajo la noche a manera le ilumina el rostro.

sé cuánto tiempo lleva ahí; quizá espiaba la casa a oscuras vacía y ahora, al descubrirme, se ha asustado. Quizá me edo viendo, la mirada fija en esos ojos grandes que me contienen, pero no puedo adivinarla. De hecho, soy yo quien se estremece, aunque no sé si es miedo o frío, un reflejo. Advierto que el vestido que lleva es muy ligero, que hay corrientes de aire que agitan por momentos su falda y unas hebras de cabello que se le escapan de la diadema que lleva en la cabeza. Quizá tiene frío, o hambre. Quizá debería invitarla a entrar, pero mi cuerpo está vencido por una infinita languidez; veo cómo cuelga mi mano junto a mi rodilla y la miro sin interés; apenas tengo energía para reconocerla como mía. No creo que podría encontrar la fuerza para llegar hasta la puerta. No sé si puedo abrir la puerta. Pienso que he perdido la llave como pienso cualquier otra cosa: las ideas son pájaros revoloteando sobre mi cabeza. No me pertenecen. Nada tienen que ver conmigo.

Siento la mirada de la niña fija sobre mí. Es una sensación extraña, incómoda; me devuelve a esto que soy yo, a este ocultamiento, este encierro en que habito sin lograr ignorarme. También es incómoda la posición en que me encuentro, incómoda esta silla en la que he estado durante horas, pero no me muevo, no hago nada por relajar mi cuerpo adolorido, nada por encontrar alivio. Dentro de mí puedo verme: mi figura echada de cualquier modo sobre la silla, como un abrigo que alguien hubiera arrojado ahí; la mesa a mi lado cubierta de polvo, la oscuridad cada vez más densa en la que mi forma misma empieza a confundirse, y tras la ventana una niñita en un vestido delgado y blanco, a la intemperie, que me mira. Soy esta imagen. Soy esta quietud sin explicaciones, esta escena, un cuadro sin título.

La niña levanta su mano blanca, pequeña, dulce, y con mucho cuidado apoya la palma contra el vidrio. A pesar de la oscuridad puedo ver cómo la presión de la carne contra el cristal dibuja unas grandes marcas pálidas, ovaladas, en la parte carnosa de la palma bajo el pulgar, en el arranque de los dedos. Quiere tocarme. No ha dejado de mirarme ni un instante, pero ahora hay mayor fijeza en su mirada, un gesto concentrado, una expresión de voluntad.

Como en un espejo, en un movimiento que tiene más de imitación mecánica que de voluntad propia, de ejercicio de la conciencia, yo me inclino y extiendo también la mano. Apoyo la palma contra el cristal, justo al otro lado de la suya, y nos quedamos mirando un largo rato, sin sonreír, sin tratar de decir ni una palabra.

Quizá es una huérfana. O es quizá una niña muerta. Sé que he empezado a escribir también su historia, en algún momento. Que en alguna de las muchas habitaciones polvorientas de esta casa hay un cuaderno con la historia de una niña como ella que hace dibujos de paisajes y de flores sentada ante la mesa de una enorme cocina bañada por el sol. Una niña que canta y habla sola. Una niña que se oculta, se encierra, se escapa y reaparece con los ojos cerrados, como en un sueño. Una niña como ella que camina de mano de su madre atravesando la plaza, su madre una pincelada, una figura esbelta que pasa como un soplo de aire perfumado, y sé que pese a la ligereza que parece acompañar su figura estilizada, aprieta con tanta fuerza la mano de la niña que le hace daño. He escrito en algún cuaderno la historia de una tarde en que una niña así se atrevía a volar en un columpio, asida con fuerza al par de gruesas cadenas que sostienen el asiento al armazón, sintiendo el vuelo de su falda blanca contra las piernas, imaginando cómo sería el golpe, cómo se ve el mundo cuando un niño se cae del columpio y se rompe la cabeza.

A veces madre y niña caminan de noche, contra toda lógica, una mujer joven y hermosa con su hijita de cinco años, la niña con un vestido ligero, inadecuado para el frío nocturno. Atraviesan la plaza solitaria, sus pasos dejan un eco reverberando entre los árboles, las bancas pintadas de verde, entre el olor embriagador de la flor de naranjo. Alguna vez se han cruzado con el hombre que lleva el rostro oculto en la oscuridad del ala de su sombrero. El hombre que quiere matarme. He tratado de describir hasta el último destello de luz en estas imágenes nocturnas, hasta las sombras más profundas y escondidas, hasta el más mínimo detalle. He escrito páginas y páginas tratando de imitar la densidad de las formas que construyen la escena, la inobjetable realidad de una imagen.

He fracasado. Estoy a merced de las imágenes que se oponen a toda sujeción.

Sé que en algún momento la mujer y el hombre se encontrarán, o se encontraron. Que la mujer suelta la mano de la niña, le da un empujón más exasperado que violento para entregarla al hombre y dice "mátala". Luego la mujer atravesará a solas la plaza con pasos apresurados, el eco que la sigue ahora ansioso, un eco que despierta a algunos en sus casas y los deja insomnes, mirando las sombras que se arrastran sobre el techo.

Yo estuve en cautiverio alguna vez. No podía levantarme de un lecho que me parecía muy frío, y pasaba horas muy largas contemplando los muros, el movimiento de sombras similares. Debe haber sido entonces cuando escribí la historia. Cada vez que despertaba veía los ojos claros, crueles, transparentes de una mujer nerviosa y delgada pendientes de mi rostro, los labios apretados, ordenándome en silencio que muriera. En mi debilidad, volvía a refugiarme en el sueño, y ahí estaba la plaza, el hombre con su sombrero, la mujer y la niña, la historia que intento adivinar. Yo he vivido muchas vidas. He sido muchos, muchas, con los ojos abiertos, y otros tantos con los ojos cerrados.

LUIS CHAVES

Le pertenece

Lo bueno del mar es cuando nadie se ahoga. Amanece y lo dice para adentro, sin mover los labios, como los ventrílocuos. Lo dice mentalmente y lo que escucha es el rumor de las olas. Ese es el sonido de fondo a lo largo de este texto. Viene de afuera, de lo que está delante, a los lados y detrás de su campo de visión, de su cuerpo sentado en la arena, los pies enterrados hasta los tobillos, las rodillas como dos criaturas asomando entre los brazos que las rodean, la cabeza apenas apoyada en la bandeja en que se convierten ahora esas mismas rodillas, esas mismas criaturas.

La mirada al frente –hacia el gran Pacífico, hacia el hilo invisible donde se junta con el cielo–, la voz interior, la mecánica de las olas, los minúsculos ojos tornasol de la espuma, los bordes blancos ondulantes de un mantel monstruoso de agua salada.

Hubo algo antes, eso lo sabe o lo sospecha, pero todo gira, se eleva y desciende, apenas imágenes rápidas, murmullos que entran al mismo remolino, a la corriente submarina. Una conversación de adultos, tarde en la noche, al otro lado de la pared; el retumbo violento dentro del pecho la primera vez que cruzó sola la ancha y temida avenida principal; la mañana que, despierta antes que todos los demás, salió al jardín para encontrar al perro muerto por un ataque de abejas; su cara reflejada en los zapatos de charol; el olor ácido debajo de la cama de la abuela; los gusanos expuestos en el corazón de la guayaba mordida; la electricidad en el aire segundos después del rayo que partió el único árbol de un parque de provincia; el corte vertical de un cuerpo humano en láminas a color de un libro voluminoso; el silencio diferente de la chica muda que se sentó a su lado unas semanas en primer grado; unos peces flotando en la pecera oscurecida por las algas; las columnas de humo inmóvil sobre las enormes y lejanas chimeneas de una fábrica; caballos pastando vistos desde un tren en movimiento; el reflejo acuoso y ámbar de los frascos de homeopatía, vacíos y ordenados en repisas simétricas; la forma difusa y veloz de cetáceos que parecían acompañar a una lancha.

Hunde los pies un poco más, siente la frontera que separa la arena seca y suelta de la húmeda y compacta. La ve con los dedos de los pies. El sentido del tacto transformándose en el de la vista. Las ideas que se materializan en palabras (en letras agrupadas) cuando las piensa, cuando las evoca. Piensa «abismo» y se reúnen las letras de la palabra en la mente. ¿La mente dónde está? No lo sabe, pero allí se acaba de formar la palabra. Entonces, los pies clavados en la arena tibia. El resto del cuerpo afuera, en la superficie, rozado por la brisa, rodeado de sonidos.

Hubo cosas después, también lo sabe o lo sospecha. Vellos minúsculos en unas piernas largas y morenas; la marca de unos dedos sobre el polvo de la persiana; la cavidad entre el cuello y la clavícula, honda, sugerente, tibia; el curso de venas expuestas y cargadas sobre músculos no grandes, pero definidos; voces diferentes en diferentes momentos, a veces cerca, muy cerca, casi susurros, otras a distancia de habitación o de espacios abiertos, una en especial vuelve siempre, cíclicamente, como esas olas, es la voz ronca de mujer que le dice «en esta foto todavía no existías».

El cielo está arriba, pero también al frente y atrás. Cambian los colores. El sol, perpendicular, avanza en su arco o, para ser más precisos, el planeta gira sobre su eje al tiempo que se traslada.

El mar, su sonido, su falsa quietud, su quietud verdadera, su furia, su indiferencia, su persistencia, su salinidad, habla siempre de cuando no estábamos, de cuando no existíamos, pero sobre todo –piensa– de cuando no vamos a estar. Habla de Flebas el Fenicio, muerto hace quince días hará varios milenios. Flebas que olvidó el grito de las gaviotas y que mientras entraba al remolino, mientras se hundía y se elevaba y se volvía a hundir, repasó su juventud y su vejez. Flebas que una vez fue esbelto y bello.

Sopla un viento cruzado, una diagonal de levísimas punzadas de arena en la piel y el velado olor a sexo del salitre. El cabello largo se extiende en el aire, es una bandera, es ropa tendida atravesada por la brisa. Más allá, perros que llegan a olisquear las entrepiernas, las huelen como a un pariente del miedo, siluetas reducidas por la distancia que desaparecen tras las dunas, la cercanía de los moluscos, los frutos de mar. Entre los restos de la marea, vienen y van, vienen y van, secuencias cortas sin orden temporal, la boca en otra boca, la boca reconociendo cuerpos. El olor sedante de las partes, el mar mínimo del sudor, el sabor ferroso de las pequeñas fisuras y la menstruación. El braille de piel y pezones erizados en sitios oscuros, pezones de hombre y de mujer, pezones femeninos en torsos de hombre, pezones masculinos en torsos de mujer. El mando, someterse y someter, la violencia, la sincronía, la curiosidad, el poder, lo animal y en los finales, todos, la sensación de la gravedad bajo el agua, amortiguada, ralentizada.

Es la hora cuando el mar es más profundo, más amenazador, la noche. Debajo de su cúpula sin fondo no siente el frío. Desapareció todo lo que el sol ilumina, apareció todo lo que oculta. Sentada todavía, detrás de los ojos cerrados ve desde abajo, desde el fondo, lo que se hunde. Un recipiente industrial, un tenedor, embarcaciones, partes de aeronaves, cargas submarinas, cuerpos de todas las edades, vestidos, solos y en grupos, también desnudos, descendiendo en cámara lenta ya sin luchar, en diferentes latitudes, el agua azul, a veces verde, a veces turbia, lanzas de luz clavándose en intervalos. Y también todo lo que lo habita: peces sin rumbo, el algoritmo de los cardúmenes, los monstruos ciegos y solitarios de lo más hondo, tortugas avanzando con la calma de la evolución, crustáceos, la improbabilidad de las medusas, escualos, los ojos minúsculos en la criatura más grande del planeta, hipocampos, hilos de mar, un nautilos, las especies que eligieron ser mitad del agua y mitad de la tierra, seres todavía desconocidos, sin clasificación. Y el reloj del lento crecimiento de los corales, que es la erosión al revés.

Luces rojas intermitentes avanzan en el cielo nocturno, unen –sin testigos y a su manera– las estrellas en diseños geométricos. Cada tanto, aparece y desaparece el fluir lento de un satélite o la tiza de una estrella fugaz sobre el fondo negro.

Casi amanece. Justo antes de la luz, de ese momento inasible en el que empieza otro día, vuelve a la vez que entró al agua salada. Una playa extensa frente al mar abierto, a primeras horas como esta, sola en kilómetros a su derecha y a su izquierda, atrás, en la arena, la línea recta de sus huellas, el bajorrelieve de su peso en la superficie que luego desaparece debajo de la espuma, la mañana en que entró al mar sin prisa y se dejó rodear por el movimiento de ese otro elemento, la piel erizada por la temperatura, como los ojos que se acostumbran a la luz o la oscuridad, el cuerpo adaptándose a los grados centígrados del Pacífico, aves marinas a la distancia contra el cielo limpio, el cuerpo, sin pensarlo, dejándose flotar boca arriba, horizontal, el sol calentándole las zonas de la piel que el mar descubría. El chasquido del agua en las orejas, los ojos cerrados como ahora, el baile de puntos rojos detrás de los párpados, la sucesión de pensamientos, que es como decir el sonido de la respiración en el agua, el monólogo interior, la sensación, primero, de masas acuáticas de temperatura desigual, después la sospecha de una atracción, una dirección mayor y poderosa, una decisión menos del mar que del océano. Agua fría llevándola al centro de algo, a un desierto líquido, a la soledad total, al lugar donde era invisible, un punto entre dos inmensidades, un punto entre el océano y el espacio sideral. Entonces, la certeza brutal no tanto de lo que pasaba sino de lo que iba a pasar, una claridad más allá de las palabras, una sensación sin letras para agrupar. El sol negro, la visión empañada, las brazadas inútiles, el ritmo cardíaco acelerado que se podía escuchar desde el exterior, los intentos de calma acortándose entre los de desesperación, el cuerpo convirtiéndose en ancla, la medusa de cabello flotando frente a sus ojos, las bocanadas tratando de separar el oxígeno de la molécula del agua. Y en el descenso, al ver la dirección contraria de las burbujas, que son la forma de las palabras debajo del agua, pensar en las olas vistas desde la orilla y pensar, precisamente entonces, en el viaje ralentizado hacia lo más profundo, que el sonido de las olas no es el del agua, es el del tiempo. Y antes de la totalidad final, antes de empezar de nuevo, la voz ronca desde adentro, desde el centro del tiempo o del espacio o desde el lenguaje. Lo que el mar toca le pertenece.

Biografías

Guillermo Barquero nació en San José, Costa Rica, en 1979. Fotógrafo y escritor. Ha publicado los libros de relatos *La corona de espinas* (2005), *Metales pesados* (2009, Premio Áncora de Relatos 2010), *Muestrario de familias ejemplares* (2013) y *Anatomía comparada* (2017, Premio Nacional de Literatura de Costa Rica Aquileo J. Echeverría), así como las novelas *El diluvio universal* (2009, Premio Áncora de Novela en 2010), *Esqueleto de oruga* (2010), *Combustión humana espontánea* (2015) y *Derrame de petróleo en Lesotho* (2016). Compiló, junto con Juan Murillo, la antología *Historias de nunca acabar: antología del nuevo relato costarricense*, en 2009. Codirige, con Murillo, Ediciones Lanzallamas. Ha publicado artículos y relatos en revistas latinoamericanas y costarricenses tales como Los Noveles, Su Casa, SoHo, suelta y Specimens. Cuentos suyos se han traducido a varias lenguas y han sido publicados en antologías nacionales e internacionales.

Sara Caba nació en Costa Rica, en 1977. Estudió psicología en la Universidad de Costa Rica y pedagogía en Harvard University. En su país, escribió para el Semanario Universidad de la Universidad de Costa Rica y, a lo largo de los años, ha escrito y publicado relatos cortos y ensayos en inglés y español. Es la fundadora de Battersea Spanish y parte del equipo editorial de las antologías del Taller de Escritura Creativa de este centro cultural.

Laura Casasa Núñez nació en San José, Costa Rica, en 1976. Escritora, filóloga y lingüista. Máster en Lingüística por la Universidad de Costa Rica (UCR) y Máster en Lexicografía en la Real Academia Española. Es docente e investigadora en la Escuela de Filología, Lingüística y Literatura de la Universidad de Costa Rica. En el ámbito comercial, fundó la empresa Blablá Maracuyá, dedicada a la creación de contenido escrito para medios digitales. Ha publicado los libros *Los niños muertos* (San José: Uruk Editores, 2009) y *Parque de diversiones* (Heredia: EUNA, Premio UNA Palabra 2009) en el género de cuento; *El disecador de abuelitas* (San José: EUNED, 2009) de crítica literaria y participó con el cuento "Los túneles de la memoria" en la antología de ciencia ficción *Posibles futuros cuentos de ciencia ficción* (San José: EUNED, 2009). Su poesía aparece en la antología *Judas 12+1 poetas nacidos en Costa Rica después de 1970* y en *Líneas de mujer* (EACE, 2018). Prepara su primera novela, *Domingo.*

Luis Chaves nació en San José, Costa Rica, en 1969. Ha publicado poesía, narrativa y crónica. Su obra ha sido traducida a varios idiomas y ha recibido reconocimientos internacionales y, en su país, el Premio Nacional de Poesía de 2012. La Akademie Schloss Solitude de Stuttgart le otorgó la beca Jean Jacques Rousseau del 2011. Fue residente del Berliner Künstlerprogramm (Programa de Artistas en Berlín), en 2015, y del Institut d'Études Avancées de Nantes, en 2107. Sus obras más recientes son la novela *Salvapantallas* (Seix Barral, 2015), el volumen *Falso documental* (Seix Barral, 2016), que reúne toda su poesía hasta el 2016, y la crónica/novela *Vamos a tocar el agua* (Los tres editores, 2017).

Adriana Díaz Enciso nació en México, en 1964. Es poeta, ensayista, traductora y narradora mexicana. Estudió Ciencias de la Comunicación en el Instituto Tecnológico y de Estudios Superiores de Occidente. Ha sido correctora de traducción en el Departamento de Literatura Infantil del Fondo de Cultura Económica, guionista de la serie televisiva "Hora Marcada", así como productora y conductora del programa "Dimensión del Rock" para Radio Universidad de Guadalajara. Es autora de las letras de varias canciones del grupo mexicano de rock Santa Sabina. Ha dirigido varios talleres literarios en la ciudad de México y en el Reino Unido. Fue maestra de literatura inglesa en la Universidad del Claustro de Sor Juana y ha dado clases de literatura latinoamericana en el Instituto Cervantes de Londres. También ha escrito libretos para ópera. Desde 1999 reside en Londres.

Carlos Fonseca nació en San José, Costa Rica, en 1987. Se crio en Puerto Rico. Ha sido seleccionado por el Hay Festival como parte del grupo Bogotá 39-2017 (que reúne a los 39 autores latinoamericanos menores de 40 más destacados del momento), y por la organización de la Feria del Libro de Guadalajara como una de las veinte Nuevas Voces de la Narrativa Latinoamericana, dentro del proyecto Ochenteros. Es autor de las novelas *Coronel Lágrimas* (Anagrama, 2015) y *Museo animal* (Anagrama, 2017), novela que fue seleccionada por el suplemento cultural de El Mundo como la mejor novela del año. Es también autor del libro de ensayos *La lucidez del miope* (Germinal, 2017), libro ganador del Premio Nacional de Literatura de Costa Rica. Actualmente reside en Londres y dicta clases en la Universidad de Cambridge.

Nuria González Rábade es una científica mexicana con gran afición por las letras. Alumna de varios escritores mexicanos en la Universidad de las Américas de Puebla y doctora en Biología Molecular por la Universidad de Cambridge, busca encontrar el equilibrio entre sus dos pasiones. Ha formado parte de talleres de creación literaria en la Ciudad de México, Cambridge y Londres. Actualmente, reside en Londres y divide su tiempo entre el cuidado de sus dos pequeños, la edición de su primera novela y la escritura de cuentos infantiles de tipo fantástico.

Julia Horcajo Hernández, española, creció y estudió en Madrid. Después de trabajar en publicidad, televisión y música, decidió mudarse a Londres para dedicarse al cine. Desde 2015, trabaja como productora y ejecutiva de desarrollo en Unstoppable Film and TV creando series de televisión y cine independiente. Es aficionada a la fotografía y a la escritura. Actualmente estudia escritura en Battersea Spanish en Londres.

Montague Kobbé nació en Venezuela, en 1980. Es escritor, traductor y editor. Estudió literatura inglesa y filosofía en la Escuela de Letras de la Universidad Católica Andrés Bello y la Universidad de Bristol. Posteriormente, completó una maestría en literatura y cultura norteamericana en la Universidad de Leeds. Su primera novela, *The night of the rambler,* consiguió una mención del Premio Casa de las Américas, en 2014. Ha publicado crónicas, artículos y perfiles en periódicos y revistas de Anguilla, Sint Maarten y Antigua. Sus artículos han aparecido en *The New York Times*, el *TLS*, el *Nuevo Herald de Miami y Mercurio* de Chile, entre otros. Recientemente, ha coeditado *Crude words: Contemporary writing from Venezuela* (Ragpicker Press: Londres, 2016), la primera colección de textos de autores venezolanos traducidos al inglés publicada en formato de libro.

Yohena Zalmay nació en Argentina. Estudió Licenciatura en Ciencias de la Comunicación en la Universidad de Buenos Aires. Ha publicado varios artículos de viaje y cuentos cortos en revistas de habla hispana. En su blog www.latintoreriarelatos.com pueden encontrar más anécdotas, cuentos cortos, relatos de viaje y reflexiones. Actualmente reside en Londres y no pierde las esperanzas de que el clima mejore.

Lucía Pereira Pardo, nacida en Galicia, es científica por tradición familiar y apasionada del arte por vocación personal. Logró unir estos dos intereses aparentemente dispares especializándose en conservación científica de patrimonio cultural, motivo que la trajo a Inglaterra para trabajar en museos de Cambridge y Londres, donde tuvo la oportunidad de analizar los materiales de manuscritos iluminados medievales, grabados japoneses, frescos bizantinos y terracotas chipriotas. Actualmente trabaja como científico de conservación en el Departamento de Collection Care de los Archivos Nacionales. Lucía participa en talleres de escritura creativa desde 2007, con Alicia López Gallego en Santiago de Compostela y, posteriormente, en Battersea Spanish tras su traslado a Londres. Escribe fundamentalmente relatos y le interesa también la pintura y la ilustración.

Nataly Ríos Goicoechea es venezolana con estudios en ingeniería, fotografía y ballet. Actualmente vive en Londres donde realizó un Máster en Medios Digitales y Cultura. Trabaja como consultora creativa en la empresa de tecnología Conducttr y ha sido estudiante de escritura en el centro Battersea Spanish desde el 2015. Escribe sobre su país, la migración y la pérdida. Fue publicada en la antología del taller *Otras vidas posibles*.

Cristina Rivera Garza nació en México, en 1964. Es escritora y catedrática mexicana. Se graduó en la UNAM en sociología y doctoró en Historia Latinoamericana por la Universidad de Houston. Fue profesora asociada de historia mexicana en la Universidad Estatal de San Diego (1997-2000). Profesora del Departamento de Comunicación y Humanidades y Codirectora de la Cátedra de Humanidades del ITESM, Campus Toluca (2004-2008). Actualmente, es profesora de Escritura Creativa en el Departamento de Literatura de la Universidad de California, en San Diego. Ha sido acreedora de las becas Salvador

Novo 1984-1985; FONCA Jóvenes Creadores 1994-1995, en novela; y FONCA Jóvenes Creadores 1999-2000, en poesía. Pertenece al Sistema Nacional de Creadores Artísticos (2007). Su obra literaria ha merecido los seis premios más importantes que se convocan en México.

Daniel Rodríguez Barrón nació en Ciudad de México, en 1970. Estudió letras inglesas en la UNAM. Ha sido editor, guionista y colaborador en periódicos y revistas. Es autor de la novela *La soledad de los animales* (2014); los libros de cuentos *Los mataderos de la noche* (2015) e *Incidentes* (2013); y el relato autobiográfico *Morbo sacro* (2018). En el 2002, recibió el Premio Nacional de Dramaturgia por la obra *La luna vista por los muertos* y, en el 2008, el Premio Nacional de Periodismo por el documental para televisión *Disidencia sin fin*. Ha formado parte de las antologías de cuento *Apocalipsis* (1998) y *Sólo cuento* (2009); de ensayo, *Ocho ensayos sobre Borges* (1999) y *Te guardaré una bala* (2015); y de teatro, *Teatro de la gruta* (2002). Su más reciente novela es *Retrato de mi madre con perros* (2019) y, bajo el nombre de Diorama, está próximo a estrenarse un largometraje basado en su pieza, *La luna vista por los muertos.*

Luis Edoardo Torres nació en Nuevo Laredo, México y radica en Londres desde el 2013. Estudió una maestría en educación de las artes en la Universidad de Roehampton. Su trabajo como dramaturgo ha sido publicado en diversas antologías, llevado a los escenarios y traducido al inglés y el alemán. Ha impartido talleres de escritura y promoción a la lectura en México e Inglaterra. Fue coordinador de programas culturales del centro de promoción a la literatura Estación Palabra: Gabriel García Márquez. Actualmente coordina el Taller de Escritura Creativa de Battersea Spanish.

Alba Vidal nació en León, España. Cursó estudios ingleses antes de mudarse a Londres, donde vivió varios años y, entre otras cosas, estudió su Máster en Traducción Audiovisual y se unió al grupo de escritura creativa de Battersea Spanish. Recientemente, ha vuelto a su ciudad natal y combina su trabajo de traductora con la escritura y con su mayor pasión: viajar. Compra libros a mucha mayor velocidad de la que los lee.

Lightning Source UK Ltd.
Milton Keynes UK
UKHW040815260819
348595UK00001B/4/P